MINETTE WALTERS

NI CHAUD NI FROID

STOCK

Titre original :
THE TINDER BOX

Traduit de l'anglais par Philippe Bonnet

ISBN : 2-266-09850-0

Village de Sowerbridge

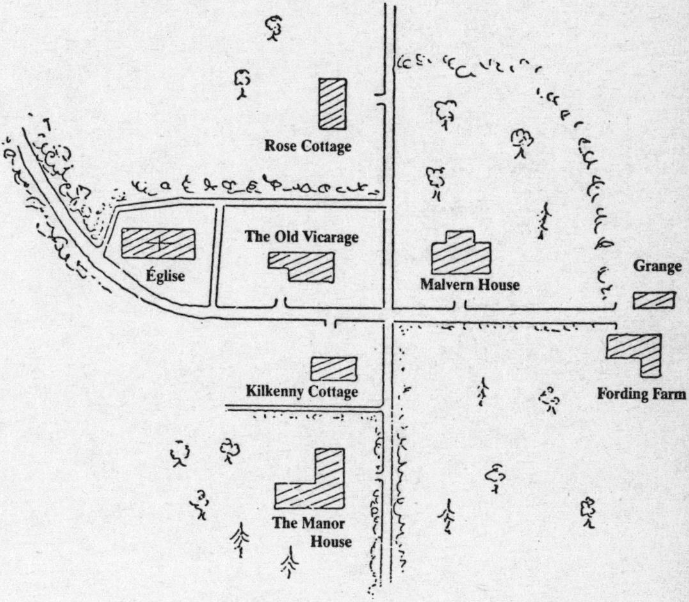

The Daily Telegraph
Mercredi 24 juin 1998

Arrestation d'un habitant de Sowerbridge

PATRICK O'RIORDAN, 35 ans, ouvrier irlandais sans emploi, a été inculpé hier soir du double meurtre de Lavinia Fanshaw, 93 ans, et de sa garde-malade, Dorothy Jenkins, 67 ans. Ces crimes ont provoqué la colère de la petite communauté de Sowerbridge, où O'Riordan et ses parents vivent depuis quinze ans. Les victimes ont toutes deux été battues à mort après que Dorothy Jenkins eut surpris une tentative de cambriolage dans la nuit de samedi. « Celui qui les a tuées ne peut être qu'un monstre ! s'est indigné un voisin. Lavinia était une vieille femme frêle qui souffrait de la maladie d'Alzheimer et n'a jamais causé de tort à personne. » La police a demandé à la population de garder son calme, un attroupement s'étant formé devant la maison de O'Riordan à l'annonce de son arrestation. « Aucun acte de représailles ne sera toléré », a déclaré un représentant des forces de l'ordre. O'Riordan nie les faits qui lui sont reprochés.

UN

Lundi 8 mars 1999, 23 h 30

Même à onze heures et demie du soir, l'ouverture du procès de Patrick O'Riordan continuait de faire la une du bulletin d'informations de la radio locale. Épuisée par une journée de quatorze heures de travail, Siobhan Lavenham écouta les commentaires du présentateur dans l'obscurité de sa voiture tandis qu'elle rentrait par d'étroites routes de campagne au village de Sowerbridge.

... O'Riordan avait le sourire aux lèvres pendant l'intervention du procureur décrivant la manière atroce dont Lavinia Fanshaw, âgée de quatre-vingt-treize ans, et sa garde-malade ont été rouées de coups avant que l'assassin n'arrache à Mrs Fanshaw les bagues qu'elle portait aux doigts... les écorchures et

contusions sur le visage de l'accusé, probablement à la suite d'une lutte avec une des deux femmes... un crime sordide dû à son animosité notoire vis-à-vis de la riche Mrs Fanshaw... incapable de justifier son emploi du temps au moment des meurtres... plusieurs bijoux retrouvés dans la maison que l'Irlandais de trente-cinq ans partage avec ses vieux parents...

Le cœur serré, Siobhan tourna le bouton de la radio et se concentra sur la route. *L'Irlandais...* Était-ce là une tentative délibérée de provoquer une flambée de racisme, ou seulement une formule maladroite ? Bon Dieu, comme elle méprisait ces journalistes ! Certains d'une condamnation, ils s'étaient abattus la semaine précédente sur Sowerbridge, telle une nuée de sauterelles, afin de nourrir leurs papiers à l'avance. Évidemment, ils avaient ramassé des saloperies à la pelle. Sowerbridge s'était fait un plaisir de les abreuver d'anecdotes haineuses à l'encontre de la famille O'Riordan tout entière.

Elle repensa au jour de l'arrestation de Patrick, lorsque Bridey l'avait suppliée de ne pas les abandonner. « Vous êtes une des nôtres, Siobhan. Vous êtes une Irlandaise à cent pour cent, même si vous avez épousé un Anglais.

Vous connaissez mon Patrick. Il ne ferait pas de mal à une mouche ! Comment croire qu'il ait battu à mort Mrs Fanshaw alors qu'il n'a jamais levé la main sur son propre père ? Liam était un démon quand il avait encore l'usage de son bras. Plus d'une fois, dans ses rages d'ivrogne, il a rossé Patrick à coups de bâton et jamais Patrick n'a riposté. »

Terrible d'entendre ce qui pouvait lier les gens entre eux, avait songé Siobhan en observant par la fenêtre de Bridey la foule muette et furieuse rassemblée sur la route. Être irlandaise devenait-il un motif suffisant pour se ranger aux côtés d'un homme soupçonné d'avoir tué sauvagement une vieille femme grabataire et son infirmière ?

« Patrick reconnaît avoir volé Lavinia », remarqua Siobhan.

Des larmes s'étaient mises à couler sur les joues ridées de Bridey. « Mais pas ses bagues, avait-elle protesté. Seulement quelques babioles, sans se rendre compte, dans son ignorance, qu'il s'agissait de strass n'ayant aucune valeur.

– C'est tout de même du vol.

– Sainte mère de Dieu, est-ce que vous imaginez que je ne le sais pas ? » Bridey avait tendu les mains en un geste implorant. « Que ce soit un voleur, peut-être bien, Siobhan, mais ce n'est pas un assassin. »

Et Siobhan l'avait crue parce qu'elle ne demandait pas mieux. En dépit de tous ses défauts, jamais Patrick ne lui était jamais apparu comme un individu agressif ou cruel – beaucoup trop indolent, sans doute –, et il arrivait toujours à les faire rire, elle et les enfants, avec ses histoires sur l'Irlande, surtout celles qui parlaient de farfadets et de pots remplis d'or cachés au pied des arcs-en-ciel. Qu'il ait pu se servir d'un marteau contre quelqu'un était pour elle inconcevable.

Et pourtant...

Dans les ténèbres de la voiture, elle repensa à l'entretien qu'elle avait eu un mois plus tôt avec un inspecteur principal de la police du Hampshire, qui avait semblé perplexe en voyant une jeune femme fort distinguée venir se plaindre de l'indifférence des autorités à l'égard des persécutions subies par les O'Riordan. À présent, elle se demandait pourquoi elle n'était pas allée le trouver avant.

Était-elle si peu désireuse de connaître la vérité... ?

* *
*

Mercredi 10 février 1999

Le policier avait hoché la tête. « Je ne comprends pas de quoi vous parlez, Mrs Lavenham. »

Siobhan poussa un soupir excédé. « Vraiment ! De la campagne de haine menée contre eux. Des inscriptions sur les murs, des coups de téléphone continuels menaçant de réduire leur maison en cendres, du fait que Bridey n'ose même plus mettre le nez dehors de peur qu'on ne l'agresse. Sowerbridge est en proie à une guerre intestine de plus en plus brutale à mesure que se rapproche le procès de O'Riordan mais, pour vous, c'est comme si rien de tout ça n'existait. Pourquoi n'ouvrez-vous pas une enquête ? Pourquoi ne réagissez-vous pas aux coups de téléphone de Bridey ? »

L'homme consulta un papier sur son bureau. « Mrs O'Riordan a appelé cinquante-trois fois police secours en neuf mois, depuis l'incarcération de son fils Patrick pour les meurtres, déclara-t-il. Seuls, quelques-uns de ces appels ont été jugés suffisamment sérieux pour justifier l'envoi d'une voiture de patrouille. Et encore, dans chacun des cas, le rapport établi par l'officier responsable a abouti à la conclusion que Bridey nous faisait perdre notre temps. » Il haussa les épaules avec l'air de s'excuser. « Je sais bien que ce n'est pas ce que vous souhaitez entendre, mais nous serions parfaitement dans notre droit en engageant des poursuites contre elle. Gaspiller le temps de la police est un délit grave. »

Siobhan songea à la petite femme, clouée dans son fauteuil roulant, dont la terreur était si patente qu'elle ne cessait de trembler. « Ils veulent nous tuer, Siobhan, ne cessait-elle de répéter. Je les entends se glisser dans le jardin au beau milieu de la nuit, et je me dis en moi-même qu'on ne pourrait rien faire, ni Liam ni moi, s'ils choisissaient ce moment-là pour entrer de force. Sûr que, si nous sommes encore en vie, c'est seulement par la grâce de Dieu.

– Mais de qui s'agit-il, Bridey ?

– De ces jeunes brutes montées contre nous par Mrs Haversley et Mr Jardine, gémit la vieille femme. Qui voulez-vous que ce soit ? »

Siobhan ramena ses longs cheveux bruns en arrière et regarda l'inspecteur avec un froncement de sourcils. « Bridey est âgée, impotente et complètement terrifiée. Le téléphone n'arrête pas de sonner. La plupart du temps, il ne s'agit que de longs silences, d'autres fois une voix menace de les tuer. Liam se contente de s'enivrer tous les soirs jusqu'à l'hébétude afin de ne pas avoir à regarder la situation en face. » Elle secoua la tête avec impatience. « Cynthia Haversley et Jeremy Jardine, qui semblent décider de tout ce qui se passe à Sowerbridge, ont effectivement donné *carte blanche* à la jeunesse locale pour leur rendre la vie impossible. Chaque bruit, chaque ombre met Bridey à bout de nerfs. Elle a besoin de protection, et je ne comprends pas que vous la lui refusiez.

– Nous leur avons proposé de s'installer dans un endroit sûr, Mrs Lavenham, et ils n'ont pas voulu.

– Parce que Liam a peur de ce qu'il adviendrait de Kilkenny Cottage s'ils le laissaient vide, protesta-t-elle. La maison serait saccagée dans la minute qui suit... vous le savez aussi bien que moi. »

Il eut un nouveau haussement d'épaules, cette fois plus indifférent qu'embarrassé. « J'en suis navré, mais nous n'y pouvons rien. Si une agression était vraiment commise, cela nous fournirait au moins un élément concret pour entamer des recherches. Ils ne sont même pas en mesure de citer le nom d'un seul de ces pseudo-justiciers... Ils parlent seulement de voyous habitant les villages voisins.

– Qu'est-ce que cela signifie ? s'écria Siobhan d'un ton aigre. Qu'il faudrait qu'ils soient morts pour que vous preniez en considération les menaces dont ils sont l'objet ?

– Non, naturellement, mais nous devons être certains que ces menaces sont réelles. Telles que les choses se présentent, elles semblent être entièrement le fruit de son imagination.

– Accusez-vous Bridey de mentir ? »

Il eut un léger sourire. « Elle n'a jamais hésité à enjoliver la vérité quand cela l'arrangeait, Mrs Lavenham.

– Comment pouvez-vous dire ça ? s'indigna Siobhan. Lui avez-vous parlé ? L'avez-vous au moins rencontrée ? Pour vous, elle n'est que la mère d'un voleur et d'un assassin !

– C'est injuste et faux. » Il avait soudain l'air terriblement las, comme un prévenu qui fournit la même réponse à la même accusation pour la centième fois. « Voilà des années que je connais Bridey. C'est le métier qui veut ça. Quand on interroge un homme aussi souvent que j'ai interrogé Liam, on en arrive à se faire, par défaut, une image assez précise de sa femme. » Il se pencha en avant, les coudes posés sur les genoux, les mains jointes devant lui. « Et malheureusement, s'il y a bien une chose dont je suis certain en ce qui concerne Bridey, c'est qu'il est impossible de croire un traître mot de ce qu'elle raconte. Ce n'est peut-être pas sa faute, mais c'est ainsi. Elle n'a jamais eu le courage de dire une seule fois la vérité parce qu'il suffirait que l'envie lui en prenne pour que son ivrogne de mari la batte comme plâtre. »

Siobhan fut choquée par la brutalité du propos. « Vous parlez de faits qui remontent à très longtemps. Liam n'a frappé personne depuis qu'il a perdu l'usage de son bras droit.

– Savez-vous comment c'est arrivé ?

– Dans un accident de voiture.

– C'est Bridey qui vous a dit ça ?

– Oui.

– Eh bien, c'est faux ! répliqua brutalement le policier. À l'âge de vingt ans, Patrick a attaché le bras de Liam à une table et lui a mis le poignet en bouillie à l'aide d'un marteau. Il était tellement hors de lui que, comme sa mère tentait de l'en empêcher, il l'a jetée par la fenêtre, de sorte qu'elle s'est fracturé le bassin et qu'elle n'a jamais pu marcher depuis. Voilà pourquoi elle est dans un fauteuil roulant et pourquoi Liam ne peut plus se servir de son bras droit. Patrick s'en est tiré avec une peine légère en plaidant la provocation à cause de la conduite brutale de Liam à son égard par le passé, et il a fait moins de deux ans de prison.»

Siobhan secoua la tête. «Je ne vous crois pas.

– C'est pourtant vrai.» L'homme passa une main fourbue sur son visage. «Faites-moi confiance, Mrs Lavenham.

– Je ne peux pas, dit-elle tout net. Vous n'avez jamais vécu à Sowerbridge, inspecteur. Il n'y a pas une âme dans ce village qui n'ait une dent contre les O'Riordan, et un épisode aussi croustillant n'aurait pas manqué d'alimenter les ragots. Faites-moi confiance vous aussi.

– Personne n'est au courant.» Le policier soutint un instant le regard de Siobhan, puis baissa les yeux. «Cela se passait à Londres, il y a de ça quinze ans. Je faisais alors mes débuts dans la police métropolitaine, et Liam figurait parmi les dix individus les plus recherchés. Il était ferrailleur et se livrait à de multiples trafics, jusqu'à ce que Patrick mette un point final à sa carrière. Il a tout vendu lorsque le gamin est allé en prison, et il est venu s'installer ici avec Bridey pour commencer une nouvelle vie. Quand Patrick les a rejoints, après sa libération, tout le monde avait accepté l'histoire de l'accident de voiture. »

Elle secoua à nouveau la tête. « Patrick est arrivé d'Irlande, où il avait été blessé dans un attentat terroriste. C'est pour cela qu'il paraît sourire tout le temps. Les nerfs de sa joue ont été sectionnés par des éclats de verre. » Elle soupira. « C'est un autre type d'infirmité. Les gens en ont après lui parce qu'ils s'imaginent qu'il se moque d'eux.

– Non, il s'est fait écharper par son compagnon de cellule qu'il avait volé. Son visage a été balafré de coups de rasoir. À ma connaissance, il n'a jamais mis les pieds en Irlande. »

Elle ne répondit pas. Au lieu de cela, elle se mit à lisser machinalement sa jupe en s'efforçant de rassembler ses pensées. *Oh, Bridey, Bridey, Bridey... Est-ce que tu m'as menti... ?*

L'inspecteur l'observa avec compassion. « Il n'y a pas de hasard, Mrs Lavenham.

– Ce qui veut dire ?

– Que Patrick a tué Mrs Fanshaw » – il marqua un temps d'arrêt – « et que Liam comme Bridey le savent fort bien. On pourra toujours prétendre que les mauvais traitements que lui a infligés son père ont fait naître chez lui une violence qu'il est incapable de maîtriser – c'est la thèse qui l'a emporté après son agression contre Liam –, mais je doute que cela impressionne beaucoup les jurés dans la mesure où les victimes étaient deux vieilles femmes sans défense. Ce qui explique toutes ces menaces chimériques concoctées par Bridey. Bridey a parfaitement conscience d'avoir signé l'arrêt de mort de Mrs Fanshaw en choisissant de se taire sur le danger que représentait Patrick, et elle est terrifiée à l'idée que la chose puisse apparaître au grand jour. Ce qui ne manquera pas d'arriver lors du procès. »

Avait-il raison ? se demanda Siobhan. Les peurs de Bridey provenaient-elles d'un sentiment de culpabilité ? « Cela ne change rien au fait que la police est responsable de leur sécurité, fit-elle observer.

– C'est exact, admit-il, sauf que nous ne pensons pas que leur sécurité soit menacée. En réalité, jusqu'ici tous les indices semblent désigner Liam lui-même comme l'instigateur de cette campagne de haine. Les graffitis sont toujours tracés la nuit avec des bombes de peinture pour voiture, dont Liam possède tout un stock dans sa remise. Il n'y a jamais de témoins et, quand Bridey nous appelle, les vandales se sont envolés depuis longtemps. Nous ignorons si le téléphone sonne aussi souvent qu'ils le prétendent, mais chaque fois qu'un inconnu les menace, Bridey, comme elle le reconnaît, se trouve seule dans la maison. D'après nous, c'est Liam qui passe les coups de fil. »

Siobhan le regarda, l'air ébahi. « Pourquoi ferait-il ça ?

– Peut-être pour influer sur le procès, suggéra-t-il. Il n'a pas la même mentalité que vous et moi. Il serait parfaitement capable de démolir Kilkenny Cottage de ses propres mains s'il pensait que cela puisse servir la cause de son fils auprès des jurés. »

Le croyait-elle ? Liam était-il si malin ? « Vous dites que vous l'avez interrogé à de nombreuses reprises. Pour quelle raison ? De quoi était-il coupable ?

– De tout ce qu'on peut imaginer comme arnaques impliquant des voitures. Vol. Fausses cartes grises. Compteur trafiqué. Vous citiez une affaire et Liam avait trempé dedans. Le commerce de la ferraille n'était qu'une façade destinée à écouler des véhicules suspects.

– Vous parlez du temps où il habitait Londres ?

– Oui. »

Elle réfléchit quelques instants. « Est-il allé en prison ?

– Une fois ou deux. En général, il s'arrangeait pour éviter une condamnation. À l'époque, il avait de l'argent – beaucoup d'argent –, et il pouvait se payer les services de ténors du barreau. Il a apporté quelques voitures ici, probablement dans l'intention de remonter le même genre de combine, mais, après que Patrick lui eut broyé le bras, il était un homme fini. Il paraît qu'il a préféré renoncer à ses activités d'escroc pour se contenter des revenus d'une pension d'invalidité. Jamais personne ne lui aurait proposé de travail. Il n'est pas assez fiable pour garder un emploi. Comme son fils.

– Je vois », dit lentement Siobhan.

Il attendit et, comme elle gardait le silence, ajouta : « Le léopard ne change pas ses taches, Mrs Lavenham. J'aimerais pouvoir dire le contraire, mais cela fait trop longtemps que je suis policier pour croire à de telles sornettes. »

Elle le surprit en éclatant de rire. « Le léopard ? répéta-t-elle. Et moi qui avais un autre proverbe en tête, concernant la gent canine, celui-là.

– Je ne saisis pas.

– Qui veut noyer son chien l'accuse de la rage. La police leur a-t-elle seulement permis de passer l'éponge et de repartir de zéro, inspecteur ? »

Il esquissa un sourire. « C'est ce que nous avons fait... pendant quinze ans... avant que Patrick tue Mrs Fanshaw.

– En êtes-vous sûr ?

– Oh oui ! répondit-il. Il a utilisé contre elle le même marteau dont il s'était servi contre son père. »

Siobhan se rappela l'état de choc dans lequel avait été plongé le village au mois de juin précédent, après la découverte des deux corps par le laitier, qui avait été intrigué en voyant la porte entrouverte à cinq heures trente un dimanche matin. Seuls la police et le petit-fils de Lavinia avaient ensuite pénétré dans la maison, mais la rumeur évoquait une scène de carnage, avec la cervelle de Lavinia répandue sur les murs de sa chambre à coucher et sa garde-malade gisant au milieu de la cuisine dans une mare de sang. Il était impensable qu'un habitant de Sowerbridge ait pu commettre de telles atrocités, et l'on avait supposé qu'une bande venue de l'extérieur s'était introduite dans Manor House pour y dérober les objets de valeur que possédait sa vieille propriétaire.

On ne sut jamais très bien pourquoi les soupçons de la police s'étaient portés aussi rapidement sur Patrick O'Riordan. À en croire les ragots, on avait relevé ses empreintes digitales dans toute la maison et trouvé sa boîte à outils dans la cuisine, mais Siobhan restait malgré tout persuadée que la police avait reçu une lettre de dénonciation. Quoi qu'il en soit, l'affaire avait paru réglée quand un mandat de perquisition avait permis de récupérer les bijoux sous le plancher de la chambre de Patrick et que celui-ci avait été officiellement inculpé du double assassinat.

Comme on pouvait s'y attendre, la stupeur ne tarda pas à se changer en colère et, Patrick en prison, ce fut sur Liam et Bridey que s'abattirent les foudres de Sowerbridge. Leur présence dans le village n'avait jamais été particulièrement bien vue – comment des « gens aussi rustres » avaient-ils pu s'acheter une maison de campagne dans le Hampshire et pourquoi en avaient-ils eu le désir, cela demeurait un mystère –, mais ce fut encore pire après les meurtres. S'il avait été possible de les bannir physiquement, le village n'aurait pas hésité une seconde. À défaut, le vieux couple avait été relégué dans des limbes sociales, où on leur tournait le dos et où plus personne ne leur adressait la parole.

Dans un tel climat, songea Siobhan, Liam aurait-il été assez stupide pour attiser davantage encore la haine contre eux en couvrant la façade de leur maison de slogans anti-irlandais ?

« Si Patrick est effectivement le meurtrier, pourquoi n'a-t-on pas retrouvé les bagues de diamants de Lavinia à Kilkenny Cottage ? demanda-t-elle à l'inspecteur. Pourquoi n'y avait-il que des bijoux de pacotille ?

– Qui vous a dit ça ? Bridey ?

– Oui. »

Il la regarda avec une sorte d'apitoiement.

« Alors j'ai bien peur qu'elle ne vous ait menti, Mrs Lavenham. Les diamants se trouvaient bien à Kilkenny Cottage avec le reste. »

DEUX

Lundi 8 mars 1999, 23 h 45

Siobhan contempla un moment la lueur orangée qui embrasait le ciel avant que son cerveau engourdi ne se mette à en chercher la signification. Des projecteurs ? Les lumières d'une fête ? Un incendie, se dit-elle avec angoisse alors qu'elle arrivait à l'entrée de Sowerbridge et que des étincelles fusaient dans les ténèbres semblables à de gigantesques chandelles romaines. Elle se mit à rouler au pas en prenant le virage près de l'église, sachant qu'il ne pouvait s'agir que de la maison des O'Riordan, tentée de passer la marche arrière et de s'éloigner, comme si la dénégation pouvait suffire à modifier le cours des événements. Mais elle apercevait déjà les flammes léchant la façade de Kilkenny Cottage, et elle comprit qu'il était trop tard pour faire quoi que ce soit d'aussi simpliste. Une voiture de police bloquait la rue étroite devant elle. Avec un sinistre pressentiment, elle obéit à la lampe-torche qui lui intimait de se garer le long de la bande herbeuse près de l'église.

Elle baissa la vitre en voyant s'approcher le policier, et le souffle brûlant de l'incendie lui fouetta le visage tel un vent saharien. « Vous habitez Sowerbridge, madame ? » demanda l'homme. En manches de chemise, il avait le front couvert de sueur, et Siobhan s'étonna que la petite maison située à deux cents mètres de là puisse créer une telle chaleur par une froide nuit de mars.

« Oui. » Elle fit un geste en direction du brasier. « À Fording Farm. Un peu après le croisement. »

Il lui envoya un instant le rayon de la torche en pleine figure – sa curiosité sans doute éveillée par son léger accent dublinois, pensa-t-elle – avant de l'abaisser vers une carte. « Vous perdrez moins de temps en faisant demi-tour et en empruntant une autre route, lui conseilla-t-il.

– Impossible. Le chemin menant à la ferme part du carrefour tout près de Kilkenny Cottage, et il n'y a pas d'autre accès. » Elle posa un doigt sur la carte. « C'est ici. Quoi que je fasse, il me faut revenir au croisement. »

Des phares balayèrent son rétroviseur tandis qu'une autre voiture s'engageait dans le tournant. « Attendez, je vous prie. » Il alla faire signe au véhicule de se ranger sur le bas-côté, laissant Siobhan observer à travers son pare-brise la scène de chaos devant elle.

L'endroit semblait grouiller de monde, mais l'éclat des flammes dans la nuit avait altéré sa vision ; de plus, l'eau scintillant sur le macadam ne permettait guère de distinguer ce qui était réel de ce qui n'était qu'un reflet. Les carcasses rouillées des épaves qui jonchaient la propriété des O'Riordan – vestiges de l'unique tentative de Liam pour relancer ses affaires – dressaient leurs silhouettes anguleuses dans la lumière, et Siobhan se dit que Cynthia Haversley avait raison en affirmant qu'elles n'étaient pas simplement hideuses, mais qu'elles représentaient un risque d'incendie. Cynthia avait parlé avec effroi de l'essence qui pouvait exploser, cependant, s'il en restait dans les réservoirs corrodés, elle avait été d'une remarquable inertie. Le vrai danger avait été le temps et les efforts nécessaires afin d'amener les deux voitures de pompiers assez près pour faire passer les tuyaux à travers autant d'obstacles, et Siobhan se demanda s'il y avait eu le moindre espoir de sauver le bâtiment.

Elle commençait à s'inquiéter pour ses deux petits garçons et pour leur gouvernante, Rosheen, qui se trouvaient seuls à la ferme, et se mit à pianoter avec impatience sur le volant. « Que dois-je faire ? » demanda-t-elle au policier lorsqu'il revint après avoir persuadé l'autre conducteur de se résigner à un détour. « Il me faut absolument rentrer chez moi. »

Il examina à nouveau la carte. « Il y a un sentier qui passe derrière l'église et l'ancien presbytère. Si vous êtes prête à rentrer à pied, je vous suggère de garer votre voiture sur la place et de le prendre. Je demanderai par radio à l'un de mes collègues au croisement de vous accompagner jusqu'à l'entrée de votre ferme. Sinon, vous serez obligée de rester là le temps qu'on dégage la route, et cela peut durer plusieurs heures.

– Très bien, j'irai à pied. » Elle avança la main vers le levier de vitesses, puis la laissa retomber. « Il n'y a pas de blessé ?

– Non. Les propriétaires étaient absents. »

Siobhan hocha la tête. Sous l'œil vigilant de la moitié de Sowerbridge, Liam et Bridey étaient partis le matin même dans leur antique camionnette Ford au milieu des sifflets et des cris hostiles. « Les O'Riordan sont allés s'installer à Winchester en attendant la fin du procès.

– C'est ce qu'on nous a dit, en effet », déclara le policier.

Siobhan le vit sortir un calepin de la poche de sa chemise. « Alors, vous vous attendiez probablement à quelque chose de ce genre ? Je veux dire, tout le monde savait que la maison serait vide. »

Il chercha une page blanche. « J'aurais besoin de votre nom, madame.

– Siobhan Lavenham.

– Et de votre numéro minéralogique, je vous prie. »

Elle le lui donna. « Vous n'avez pas répondu à ma question », dit-elle d'une voix neutre.

Il releva la tête pour la regarder, mais son expression était indéchiffrable. « Quelle question ? » rétorqua-t-il.

Elle crut discerner un sourire sur le visage du policier et se raidit aussitôt. « Cela ne vous paraît pas bizarre que la maison ait brûlé alors que Liam venait à peine de tourner le dos ? »

Il fronça les sourcils. « Je ne vous suis pas, Miss Lavenham.

– Mrs Lavenham, corrigea-t-elle avec humeur. Et vous savez très bien de quoi je parle. Liam n'a cessé de recevoir des menaces depuis que Patrick a été arrêté, mais la police n'aurait pas pu se montrer plus indifférente. » Elle n'arrivait plus à maîtriser son irritation. « Enfin, quoi, c'est leur fils qu'on est en train de juger, pas eux, même si l'attitude des autorités anglaises à leur égard pourrait laisser croire le contraire ! » Elle passa brutalement la première, parcourut les quelques mètres qui la séparaient du parvis de l'église, se gara le long du mur et remonta la vitre. Elle avait la main sur la poignée quand la porte s'ouvrit de l'extérieur.

« Que voulez-vous dire par là ? interrogea le policier tandis qu'elle descendait du véhicule.

– Ce que je veux dire par là ? » Elle prit son plus bel accent irlandais. « Écoutez-moi ça ! Et moi qui pensais que je parlais l'anglais aussi bien que lui ! »

D'une beauté saisissante, elle était à peu près de la taille de l'agent, dont les joues s'empourprèrent. « Vous m'avez mal compris, Mrs Lavenham. Ma question signifiait seulement : voulez-vous dire qu'il s'agit d'un acte criminel ?

– Évidemment que c'en est un », répliqua-t-elle. Elle attacha ses cheveux bruns derrière sa tête et releva le col de son manteau pour se protéger du vent qui attisait le feu à deux cents mètres de là. « Ce n'est pas votre avis ?

– Avez-vous des preuves ?

– Je croyais que c'était votre boulot. »

Il rouvrit son calepin plus avec l'air d'un écolier studieux que d'un représentant de la force publique. « Savez-vous qui pourrait en être responsable ? »

Elle se pencha dans la voiture pour prendre son sac à main. « Probablement les mêmes individus qui ont barbouillé "ORDURES D'IRLANDAIS !" sur le mur de la maison, répondit-elle avant de claquer la portière et de donner un tour de clé. À moins que ce ne soient ceux qui se sont introduits chez eux une nuit il y a deux semaines et qui ont brisé la statuette de la Vierge et de l'Enfant Jésus, puis arrosé d'urine les débris sur la moquette. Qui sait ? » Elle eut l'impression qu'il était troublé par ce qu'elle venait de dire. « Écoutez, laissons cela, déclara-t-elle d'un ton las. Il est tard, je suis fatiguée, et je veux aller retrouver mes enfants. Pouvez-vous passer cet appel radio afin que je ne reste pas coincée à l'autre bout ?

– Je m'en occupe. » Il était sur le point de tourner les talons quand il se ravisa. « Je ferai figurer vos déclarations dans mon rapport,

Mrs Lavenham, y compris votre opinion selon laquelle la police aurait manqué à ses devoirs. »

Elle eut un léger sourire. « Est-ce une menace ou une promesse ?

– Une promesse.

– Alors, j'espère que vous aurez plus de chance que moi. J'aurais pu parler en gaélique pour l'effet que mes avertissements ont eu sur vos collègues. » Elle se dirigea vers le sentier.

«Les plaintes doivent être formulées par écrit, lança-t-il tandis qu'elle s'éloignait.

– Oh, mais je l'ai fait, l'assura-t-elle par-dessus son épaule. J'ai beau être irlandaise, je ne suis pas illettrée.

– Ce n'est pas ce que je... »

Mais le reste des excuses du policier se perdit, tandis que Siobhan tournait le coin de l'église avant de disparaître.

* *
*

Jeudi 18 février 1999

Il s'écoula plusieurs jours avant que Siobhan ait le courage de questionner Bridey à propos de ce que lui avait confié l'inspecteur principal. Rien que d'y penser lui donnait l'impression d'être une voleuse. Les secrets sont choses si délicates. Des fragments de notre être qui, une fois exposés au grand jour, peuvent inciter autrui à modifier totalement l'image d'ensemble qu'il a de nous. Mais le doute minait sa compassion, et elle avait besoin d'être sûre que Bridey croyait au moins à l'innocence de Patrick.

Elle suivit le fauteuil roulant de la vieille femme dans le salon et se percha sur le bord du canapé crasseux sur lequel Liam avait l'habitude de se prélasser, dans sa salopette maculée de cambouis, après des heures passées à tourner autour de ses abominables épaves. Ce qu'il leur faisait était pour Siobhan un mystère, car aucune n'aurait pu rouler, et elle se demandait souvent si ces carcasses ne lui servaient pas tout bonnement d'abri pour dormir pendant la journée. Il se plaignait sans arrêt que sa main infirme, qu'il gardait enfoncée dans sa poche pour ne pas indisposer les gens, l'avait privé de toute possibilité de gagner sa vie, mais la vérité était qu'il était paresseux et qu'on ne le voyait jamais se remuer que lorsque sa femme traînait pitoyablement la patte pour passer du fauteuil roulant au siège de leur vieille Ford.

« Il n'a rien à la main gauche, grommelait avec indignation Cynthia Haversley chaque fois que la petite comédie se déroulait devant Kilkenny Cottage, mais à l'entendre gémir, on le croirait manchot. »

En son for intérieur, et non sans un certain amusement, Siobhan devinait que ce spectacle était entièrement destiné à l'honorable Mrs Haversley, qui ne cachait pas son indignation face aux diverses allocations que touchaient les O'Riordan. Après tout, il était évident qu'une femme possédant assez de force dans les bras pour grimper l'escalier sur son derrière, comme le faisait tous les soirs Bridey, fût également capable de lever la jambe pour monter dans une voiture...

Le salon de Kilkenny Cottage – que Bridey appelait son « parloir » – était rempli d'objets religieux : une châsse avec la Vierge et l'Enfant Jésus posée sur la tablette de la cheminée, une croix en bois d'un pied de long fixée à un mur, une reproduction de *La Lumière du monde* de William Holman Hunt accrochée à un autre, un chapelet suspendu à une patère. Sur Siobhan, pour qui la religion représentait plus une épreuve qu'un réconfort, la pièce produisait toujours une sorte de claustrophobie spirituelle, qui lui donnait envie de sortir au plus vite respirer de l'air frais.

En d'autres circonstances, les chemins des O'Riordan, descendants d'une famille de rétameurs ambulants, et de Siobhan Lavenham (née Kerry), fille d'un propriétaire terrien irlandais, ne se seraient jamais croisés. En effet, lorsque son mari Ian et elle avaient visité pour la première fois Fording Farm et eu le coup de cœur, Siobhan avait désigné avec un frisson l'horrible Kilkenny Cottage et défini non sans justesse ses occupants. Des romanichels irlandais, avait-elle déclaré.

« Est-ce que ça te rendra la vie difficile ? avait demandé Ian.

– Seulement si les gens pensent que nous sommes de la même famille », avait-elle répondu en riant, n'imaginant pas une seconde que ce fût possible...

Avec ses airs apeurés, Bridey donnait l'impression d'un chien battu, et c'est non sans réticence que Siobhan l'informa des accusations de l'inspecteur. Elle lui demanda si elle avait menti à propos de l'accident de voiture, et aussi en affirmant que Patrick n'avait jamais frappé son père. La vieille femme se mit à pleurer, tordant ses mains sur ses genoux comme si, telle Lady Macbeth, elle voulait se laver de ses péchés.

« Si je l'ai fait, Siobhan, c'est seulement pour que vous n'ayez pas mauvaise opinion de nous. Vous êtes une belle jeune dame charmante au cœur d'or, mais vous n'auriez pas laissé Patrick jouer avec vos enfants si vous aviez su comment il s'est conduit vis-à-vis de son père, et vous n'auriez pas pris Rosheen chez vous si vous aviez su que son oncle Liam était un voleur.

– Vous auriez dû me faire confiance, Bridey. Je n'ai pas demandé à Rosheen de partir quand Patrick a été arrêté pour meurtre, alors pourquoi aurais-je refusé de l'employer sous prétexte que Liam a fait de la prison ?

– Parce que votre mari vous aurait convaincue de ne pas la prendre, répondit Bridey avec franchise. Il n'a jamais beaucoup apprécié le fait que Rosheen soit notre parente, alors même qu'elle a grandi en Irlande et qu'elle nous connaissait à peine quand vous avez accepté qu'elle vienne ici travailler pour vous. »

Il aurait été inutile de le nier. Ian tolérait Rosheen O'Riordan par égard pour Siobhan et parce que les garçons l'adoraient mais, pour lui, l'idéal aurait été une gouvernante issue d'un milieu plus conventionnel. L'attitude décontractée de la jeune fille en ce qui concernait l'éducation des enfants, fondée sur la manière dont elle-même avait été élevée, dans une maison minuscule au milieu des collines du Donegal où les gosses dormaient à quatre par lit et où les jeux avaient un parfum d'aventure, d'insouciance et de drôlerie, différait tellement du cadre sévère de sa propre enfance qu'il ne cessait de se tourmenter. « Ils vont devenir de vrais sauvages, avait-il l'habitude de dire. Elle ne leur apprend pas assez la discipline. » Et Siobhan de jeter un regard à ses chérubins pleins de vie, de gaieté et de tendresse en se demandant pourquoi les Anglais avaient un tel goût pour la répression.

« Il se fait du souci pour ses enfants, Bridey, encore plus depuis que Patrick a été arrêté. À nous aussi on téléphone, vous savez. Tout le monde sait que Rosheen est sa cousine. »

Elle se souvint de la première fois où elle avait pris un appel de ce genre. Elle avait répondu dans la cuisine, pendant que Rosheen préparait le dîner des garçons, et elle avait été consternée par le torrent d'injures racistes déversé à l'autre bout du fil. Elle avait lancé un regard accablé à Rosheen et compris à l'expression apeurée de la jeune fille que ce n'était pas le premier coup de fil de cet acabit. Après cela, elle avait installé un répondeur et interdit à Rosheen de décrocher avant d'être certaine de l'identité de la personne qui appelait.

Bridey tourna son visage affligé vers la Sainte Vierge sur la cheminée. « Je prie chaque jour pour vous, Siobhan, tout comme je prie pour mon Patrick. Dieu m'est témoin que je n'ai jamais souhaité une telle épreuve à une gentille dame comme vous. Et tout ça pour quoi ? Est-ce donc un péché d'être irlandais ? »

Siobhan soupira intérieurement, irritée par l'obstination assommante de Bridey à l'appeler une « dame ». Elle ne doutait pas de sa piété, ni de ses prières quotidiennes, mais elle doutait de la capacité du Seigneur à effacer le meurtre de Lavinia Fanshaw dix mois après l'événement.

Et si Patrick était néanmoins coupable, et si Bridey le savait...

« Le problème n'est pas d'être irlandais, répondit-elle sans ménagement, mais de savoir si Patrick est un assassin. J'aurais largement préféré que vous vous montriez franche avec moi, Bridey. J'en arrive à ne plus avoir confiance en personne, Rosheen y compris. Est-elle au courant du passé de son cousin ? M'a-t-elle menti elle aussi ? » Elle s'interrompit dans l'attente d'une réponse, mais Bridey se contenta de secouer la tête. « Je ne veux pas vous blâmer pour la conduite de votre fils, dit-elle d'un ton plus doux, mais vous ne pouvez pas vous attendre que je prenne sa défense s'il est coupable.

– En effet, et je ne vous le demande pas, répondit la vieille femme avec dignité. Du reste, vous pouvez être tranquille à propos de Rosheen. Personne en Irlande ne sait ce qui s'est passé voilà quinze ans parce que Liam a tenu à ce qu'il en soit ainsi. Il ne voulait pas que son fils se voie reprocher quelque chose qui n'était pas sa faute. "Nous raconterons que c'était un accident de voiture, qu'il a dit comme ça, et que Dieu me damne si jamais je lève à nouveau la main dans un moment de colère." » Elle empoigna les roues de son fauteuil roulant et le fit avancer d'un demi-tour. « Je vais vous dire franchement : bien que je sois invalide et que cela fasse bientôt quarante ans que je suis mariée à Liam, ça ne fait guère que quinze ans que j'arrive à dormir paisiblement. Ah oui, c'est vrai que Liam était une brute, et c'est vrai aussi que mon Patrick a perdu une fois son sang-froid et l'a frappé, mais je jure sur la sainte mère de Dieu que cette famille a changé du tout au tout le jour où mon pauvre fils a pleuré à cause de ce qu'il avait fait et qu'il a appelé lui-même la police. Est-ce que vous me croyez, Siobhan ? Est-ce que vous croyez une vieille femme quand elle vous dit que son Patrick n'a pas pu tuer Mrs Fanshaw, pas plus que je ne serais capable de me lever de cette chaise et de me mettre à marcher ? Sûr qu'il lui a pris quelques bijoux – et qu'il a eu bien tort –, mais c'était seulement pour compenser l'argent dont on l'avait escroqué.

– Sauf qu'il n'y a aucune preuve qu'il ait été escroqué de quoi que ce soit. D'après la police, il est peu probable que des réparations aient été effectuées dans le manoir. Il y avait bien deux ou trois fissures rebouchées sur les murs, mais rien qui justifie un contrat de trois cents livres.

– Il a passé deux semaines là-bas, répliqua Bridey d'un air éperdu. À raison de douze heures par jour.

– Alors pourquoi n'y en a-t-il pas trace ?

– Je l'ignore, répondit la vieille femme avec difficulté. Tout ce que je sais, c'est que chaque soir en rentrant il nous faisait un compte rendu de ses travaux. Un jour, c'était le chauffage qui ne fonctionnait pas bien, le lendemain le sol de la cuisine dont les carreaux se décollaient. C'est Miss Jenkins qui lui disait ce qu'il y avait à faire, et elle était ravie à l'idée que tous ces petits problèmes soient réglés une fois pour toutes. »

Siobhan se remémora les paroles de l'inspecteur : *Il ne reste plus personne pour confirmer ou infirmer la chose. La famille de Mrs Fanshaw n'est au courant de rien, mais elle n'exclut pas la possibilité d'un accord officieux entre Patrick et la garde-malade. Celle-ci, semble-t-il, était en bons termes avec lui...*

« La police prétend que Patrick a inventé de toutes pièces ce contrat pour expliquer qu'on ait relevé ses empreintes un peu partout dans Manor House.

– C'est faux.

– En êtes-vous sûre ? N'est-ce pas la première idée qui lui soit venue à l'esprit quand les inspecteurs ont montré un mandat de perquisition ? Ils l'avaient déjà interrogé pendant deux jours, Bridey, et tout ce qu'il avait trouvé à répondre au sujet de la présence de ses empreintes et de sa boîte à outils dans la maison, c'est que l'infirmière de Lavinia lui avait demandé de réparer les robinets de la cuisine ainsi que ceux de la salle de bains. Pourquoi n'a-t-il pas mentionné ce contrat plus tôt ? Pourquoi a-t-il attendu qu'ils découvrent les bijoux sous son plancher pour dire qu'on lui devait de l'argent ? »

Des larmes mouillèrent les mains de Bridey qui se tordaient encore. « Parce qu'il a été en prison et qu'il se méfie de la police... parce qu'il n'a pas tué Mrs Fanshaw... parce qu'il avait bien plus peur d'être accusé du vol des bijoux qu'inculpé de meurtre. Croyez-vous qu'il aurait parlé de ce contrat s'il n'avait pas existé ? Mon garçon n'est pas stupide, Siobhan. Il ne raconterait pas une histoire qu'il serait incapable de prouver ensuite. Pas après avoir eu deux jours pour y réfléchir. »

Siobhan secoua la tête. « Oui, mais il n'a pas pu la prouver. Vous êtes la seule personne, en dehors de Patrick, à prétendre avoir été au courant, et votre parole n'a aucune valeur car vous êtes sa mère.

– Mais vous ne comprenez donc pas ? implora la femme. C'est justement pour ça que vous pouvez être certaine qu'il dit la vérité. S'il avait pensé un seul instant qu'on ne le croirait pas du tout, il aurait choisi une autre explication. Vous entendez ce que je vous dis ? C'est un excellent menteur, Siobhan – pour son malheur, il l'a toujours été –, et il n'aurait pas inventé une histoire aussi idiote que celle qu'il s'est collée sur le dos. »

TROIS

Mardi 23 juin 1998

C'est un récit pour le moins fumeux que Patrick avait présenté pour sa défense lorsqu'il lui était apparu que la police avait bel et bien l'intention de l'inculper de meurtre. Et Siobhan, qui avait entendu à la fois la version de Bridey et celle de l'inspecteur, n'était guère surprise que les enquêteurs aient eu du mal à l'avaler. Il reposait entièrement sur les paroles et les actes de l'infirmière assassinée.

Patrick raconta que Dorothy Jenkins était venue à Kilkenny Cottage lui demander s'il accepterait de réaliser de menus travaux au manoir pour la somme de trois cents livres payée en liquide. « J'ai réussi à persuader son grigou de petit-fils que je finirais un jour par prendre mes cliques et mes claques s'il ne faisait rien pour améliorer mes conditions de travail, et il est décidé à mettre la main à la poche, lui avait-elle confié d'un ton triomphant. Est-ce que cela vous intéresse, Patrick ? Du boulot au noir... pas de TVA... pas d'impôts... juste deux petites semaines de bricolage et vous avez l'argent. Mais n'allez surtout pas le répéter, avait-elle insisté, ou vous pouvez être sûr que Cynthia Haversley avertira les services sociaux, et vous perdrez vos indemnités de chômage. Vous la connaissez, elle fourre son nez partout. »

« Je voulais être certain qu'elle n'était pas en train de me mener en bateau, déclara Patrick à la police. J'avais déjà eu des démêlés avec le salaud de petit-fils de Mrs Fanshaw et toute cette foutue histoire ne me disait rien qui vaille. Alors, elle m'a emmené le voir et le voilà tout sucre, tout miel, il me serre la pince et m'assure que c'est d'accord. "Oublions le passé", qu'il a fait. J'ai trimé comme un dingue pendant deux semaines, et, ouais, bien sûr que je suis entré dans la chambre de Mrs Fanshaw ! Je passais la tête par la porte chaque matin, vu qu'on était copains elle et moi. Je lui disais "salut !'" et elle se marrait en me répondant pareil ! Et, ouais, sûr que j'ai touché presque tout dans la maison – je passais le plus clair de mon temps à déménager les meubles pour Miss Jenkins ! "C'est tellement ennuyeux, quand on prend de l'âge et qu'on ne change jamais les choses de place, qu'elle disait. Voyons de quoi cette table a l'air dans cette pièce." Puis elle tapait dans ses mains et s'exclamait : "N'est-ce pas excitant ?" Je pensais qu'elle était aussi timbrée que la vieille, mais je ne tenais pas à la contrarier. Après tout, trois cents livres, c'est trois cents livres, et si c'est ça qu'elle voulait, je ne demandais pas mieux. »

Le second samedi – *le jour où je devais être payé... merde !... j'aurais dû me douter que c'était un coup monté...* –, le petit-fils de Mrs Fanshaw l'attendait à son arrivée dans le hall de Manor House.

« Je croyais que cet enfoiré était venu me donner mon argent, mais au lieu de ça, le voilà qui m'accuse d'avoir chipé un collier. Je l'ai traité de sale menteur, alors il m'a balancé un coup de poing qui m'a cueilli à la mâchoire. L'instant d'après, j'étais dehors devant la porte, face contre le gravier. Ouais, bien sûr que c'est comme ça que j'ai attrapé ces égratignures ! J'ai jamais frappé une bonne femme de ma vie, et je me suis foutrement pas bagarré avec les deux vieilles du manoir. »

Il y avait un trou de deux heures durant lequel il prétendait avoir tourné dans les rues, furieux, en se demandant comment *forcer ce salaud à me payer ce qu'il me devait.* Il avait caressé l'idée d'aller trouver la police – *J'étais convaincu que Miss Jenkins m'appuierait parce qu'elle ne pouvait pas le voir en peinture, mais je me disais que vous autres n'aviez aucun moyen d'agir, sans que ça risque d'arriver aux oreilles des services sociaux, et ça serait encore bien pire pour moi...* –, et finalement il avait opté pour une forme d'action plus directe et il était retourné à Manor House en se glissant par la porte située au fond du jardin.

« Je savais que Miss Jenkins arrangerait les choses si elle le pouvait. Et c'est ce qui s'est passé. "Prenez ça, Patrick, qu'elle m'a dit en me remettant des bijoux de Mrs Fanshaw, et si ça fait des histoires, je déclarerai que l'idée venait de moi." Je vous le dis, acheva-t-il d'un ton belliqueux, ça me rend malade de penser que Mrs Fanshaw et elle sont mortes. Elles, au moins, m'ont toujours traité gentiment, ce qui est sûrement pas le cas du reste de Sowerbridge. »

On lui demanda pourquoi il n'avait pas mentionné tout cela avant. « Parce que je ne suis pas idiot. Le bruit courait que Mrs Fanshaw avait été tuée à cause de ses bijoux. Vous n'imaginez tout de même pas que j'allais raconter que j'en avais sous mon plancher alors qu'elle avait été battue à mort quelques heures plus tard. »

* *
*

Jeudi 18 février 1999

Siobhan réfléchit en silence une minute ou deux. « Inepte ou pas, Bridey, c'est l'histoire qu'il va répéter au procès, et pour l'heure personne n'y croit. Ce serait différent s'il pouvait fournir des preuves.

– Comment ?

– Je ne sais pas. » Elle secoua la tête. « A-t-il montré les bijoux à quelqu'un avant le meurtre de Lavinia ? »

De la ruse brilla dans les yeux de la vieille femme comme si elle venait d'avoir une idée. « Seulement à Rosheen et à moi, répondit-elle, mais comme vous le savez, Siobhan, on ne croit pas un mot de ce que nous disons.

– L'une de vous en a-t-elle parlé à quiconque ?

– Pour quoi faire ? En fin de compte, il a pris les bijoux sans autorisation, même si c'est Miss Jenkins qui les lui a donnés.

– Eh bien, c'est dommage que Rosheen ne m'ait pas avertie. La situation serait tout autre si je pouvais dire que, le samedi après-midi, Patrick avait déjà les bijoux de Lavinia en sa possession. »

Bridey se tourna vers la Vierge en faisant un signe de croix, et Siobhan comprit qu'elle mentait. « Pour Rosheen, vous êtes sur un piédestal, Siobhan. Elle aurait pas risqué de vous mettre dans l'embarras en vous mêlant aux problèmes de son cousin. De toute façon, ça ne vous aurait guère intéressée. Ce jour-là, vous savez bien, vous aviez la tête en plein dans la cuisine, non ? C'était-y pas le samedi où vous receviez Mr et Mrs Haversley à dîner pour les remercier de toutes les invitations que vous aviez dû accepter à contrecœur ? »

Il n'y a pas de secret dans un village, songea Siobhan, et si Bridey avait deviné combien Ian et elle détestaient l'ennui mortel qui caractérisait la vie sociale de Sowerbridge, laquelle tournait entièrement autour de ces « dîners » d'une régularité implacable, sans doute n'était-elle pas la seule.

« C'est donc si visible que ça, Bridey ?

– Pour des Irlandais peut-être, mais pas pour des Anglais, répondit la vieille femme avec un sourire retors. Les Anglais ne voient que ce qu'ils veulent bien voir. Si vous le croyez pas, Siobhan, regardez la manière dont ils ont condamné mon pauvre Patrick comme voleur et assassin avant même qu'il ait été jugé. »

Par la suite, Siobhan avait interrogé Rosheen à propos des bijoux, et, pareille à Bridey, la jeune fille s'était tordu les mains de détresse. Mais cette détresse tenait plus à l'espoir de sa tante qu'elle n'hésiterait pas à se parjurer qu'aux faits eux-mêmes. « Oh, Siobhan, avait-elle gémi, est-ce qu'elle compte sur moi pour aller raconter des mensonges à la barre ? Ça n'aidera pas Patrick quand on découvrira la vérité. Ne vaudrait-il pas mieux ne rien dire du tout plutôt que de continuer à inventer des histoires auxquelles personne ne croit ? »

* *
*

Lundi 8 mars 1999, 23 h 05

Il faisait froid sur le sentier, car le mur de l'ancien presbytère renvoyait la chaleur vers Kilkenny Cottage, mais le fracas de la maison ravagée par l'incendie était assourdissant. Les chevrons en pin et les solives des plafonds éclataient par intermittence avec des détonations pareilles à des coups de fusil, tandis que les flammes ne cessaient de pousser des rugissements affamés. En débouchant sur la route venant du croisement, Siobhan se retrouva au milieu de tout un tas de voisins qui observaient le brasier avec l'air d'être à une fête – presque, se dit-elle, comme s'il s'agissait d'un gigantesque feu d'artifice organisé pour leur plus grande satisfaction. Les gens levaient les bras, le doigt tendu, lorsqu'une nouvelle poutre s'embrasait, et des « oh » et des « ah » s'échappaient de leurs lèvres en guise d'acclamations. Encore un peu, songea-t-elle avec ironie, et ils ressortiraient le portrait de cet autre infâme catholique, Guy Fawkes, dont la coutume voulait qu'il fût brûlé chaque année en effigie pour avoir tenté de faire sauter le Parlement.

Elle entreprit de se frayer un chemin à travers la foule, mais fut arrêtée par Nora Bentley, la femme du vieux docteur, qui la saisit par le bras et l'attira vers elle. Les Bentley étaient, et de loin, les voisins préférés de Siobhan, dans la mesure où ils étaient les seuls à faire preuve d'assez de tolérance pour s'opposer au flot de haine quotidiennement déversé sur les O'Riordan par tout un chacun. Même si, comme le faisait remarquer Ian, ils pouvaient se le permettre. « Soyons justes, Siobhan, Lavinia n'était pas de leur famille. Ils auraient peut-être réagi autrement si elle avait été leur grand-mère. »

« Nous nous faisions du mauvais sang à votre sujet, ma chère, dit Nora. Avec tout ce qui se passe, nous ne savions pas si vous étiez coincée dans la ferme ou si vous vous trouviez dehors. »

Siobhan la serra brièvement dans ses bras. « Dehors. Je suis restée tard au bureau pour régler des dossiers, et j'ai dû abandonner la voiture à côté de l'église.

– Malheureusement, j'ai bien peur que le chemin qui mène chez vous ne soit complètement bloqué par les voitures de pompiers. Si cela peut vous consoler, nous sommes tous dans la même galère, encore que Jeremy

Jardine et les Haversley courent en plus le risque de voir les étincelles portées par le vent mettre le feu à leurs maisons. » Elle gloussa subitement. « Vous allez rire. Cynthia a obligé les pompiers à arroser la façade de Malvern House par mesure préventive, et depuis elle n'arrête pas de râler après ce pauvre vieux Peter parce qu'il avait laissé la fenêtre de leur chambre ouverte. La pièce est complètement inondée. »

Siobhan eut un grand sourire. « Bien fait pour elle, lâcha-t-elle froidement. Il est grand temps que Cynthia reçoive la monnaie de sa pièce. »

Nora agita un doigt réprobateur sous son nez. « Ne soyez pas trop sévère avec elle, ma chère. Malgré tous ses défauts, Cynthia peut être très gentille quand elle veut. Il est dommage que vous ne connaissiez pas cet aspect de son caractère.

– Je ne suis pas sûre d'en avoir envie, rétorqua Siobhan d'un ton sarcastique. J'imagine qu'elle le montre uniquement quand elle fait l'aumône. Au fait, où sont-ils ?

– Je n'en ai pas la moindre idée. Je suppose que Peter est en train de préparer la chambre d'amis et que Cynthia est quelque part devant à jouer les inspecteurs en chef. Vous savez combien elle aime mener tout le monde à la baguette.

– Oui », approuva Siobhan, qui avait eu à subir plus souvent qu'elle ne l'aurait souhaité les manières tyranniques de Cynthia. Et de fait, si elle nourrissait des regrets de s'être installée à Sowerbridge, ils concernaient tous la personnalité exaspérante de l'honorable Mrs Haversley.

Par une de ces bizarreries juridiques dont sont friands les Anglais, les propriétaires de Malvern House l'étaient également des trente premiers mètres du chemin de Fording Farm, sur lesquels les propriétaires de la ferme jouissaient d'un droit de passage à perpétuité. C'est ce qui avait abouti à l'état de conflit régnant entre les deux domaines, même si ce conflit avait démarré bien avant les insignifiants dix-huit mois d'usufruit des Lavenham. Ian affirmait que l'obstination de Cynthia à faire valoir ses privilèges provenait de ce que les Haversley étaient, et avaient toujours été, les parents pauvres des Fanshaw de Manor House. (« Vous finissez de plus en plus pauvre si vous n'héritez que du côté maternel, expliquait-il, et la famille de Peter n'a jamais pu avoir de prétentions sur le manoir. Ce qui rend Cynthia amère. ») Néanmoins, s'ils avaient suivi les conseils de leur notaire, ils se seraient demandé pourquoi un lieu aussi ravissant avait eu cinq propriétaires différents en moins de dix ans. Au lieu de quoi tout s'était passé à merveille – *Vous aimerez Cynthia Haversley. C'est une femme charmante* – et ils n'avaient vu dans ces changements fréquents qu'une simple coïncidence.

Quelque chose comme l'explosion d'une grenade retentit au cœur de la fournaise, et Nora Bentley sursauta violemment. Elle posa une main tremblante sur sa poitrine. « Mon Dieu, ça me rappelle les bombardements, balbutia-t-elle. C'est tellement excitant ! » Elle tempéra cette réflexion inattendue en ajoutant qu'elle était navrée pour les O'Riordan mais, pendant une brève seconde, son goût du sensationnel l'avait emporté sur sa compassion.

« Liam et Bridey sont-ils là ? questionna Siobhan en jetant un coup d'œil autour d'elle.

– Je ne pense pas, ma chère. À vrai dire, je me demande même s'ils sont prévenus. Ils se sont montrés extrêmement discrets quant à l'endroit précis où ils allaient à Winchester, de sorte que, à moins que la police ne connaisse leur adresse » – elle haussa les épaules –, « je ne vois pas qui aurait pu les avertir.

– Rosheen doit être au courant. »

Nora sourit distraitement. « Oui, mais elle est avec vos enfants à la ferme.

– Nous sommes dans l'annuaire, Nora.

– Je sais, ma chère, sauf que les choses se sont passées si vite. Tout était normal, et soudain ç'a été l'affolement. J'ai bien proposé d'appeler Rosheen, mais Cynthia a répondu que cela ne servirait à rien. "Laissons Liam et Bridey avoir une bonne nuit de sommeil, a-t-elle déclaré. Que peuvent-ils faire que n'ait déjà fait la brigade des pompiers ? Pourquoi les inquiéter inutilement ?"

– Je m'en souviendrai quand la maison de Cynthia se mettra à flamber », dit sèchement Siobhan en consultant sa montre et en s'exhortant à filer. La curiosité la retint. « Quand l'incendie a-t-il commencé ?

– Personne ne le sait, dit Nora. Il y a une heure et demie, nous avons senti, Sam et moi, une odeur de brûlé, alors nous sommes sortis, pour nous apercevoir qu'il y avait déjà des flammes aux fenêtres du rez-de-chaussée. » Elle agita un bras vers l'ancien presbytère. « Nous avons frappé à la porte de Jeremy afin qu'il alerte les pompiers, mais cela faisait belle lurette que tout était en feu quand ils sont arrivés. »

Siobhan suivit la direction du bras. « Pourquoi Jeremy ne les a-t-il pas appelés plus tôt ? Il a certainement senti l'odeur avant vous. Il habite juste en face. » Son regard se déplaça vers Rose Cottage, la maison des Bentley, qui se dressait derrière The Old Vicarage, l'ancien presbytère, à une bonne centaine de mètres de Kilkenny Cottage.

Nora sembla mal à l'aise comme si elle trouvait elle aussi l'inertie de Jeremy Jardine quelque peu suspecte. « Il prétend que non, qu'il était descendu dans sa cave. Il a été horrifié quand il a vu ce qui se passait. »

Siobhan avait du mal à le croire. Jeremy Jardine était un grossiste en vins qui avait profité de ses liens de parenté avec les Fanshaw pour acheter aux autorités ecclésiastiques, quelques années auparavant, The Old Vicarage à cause de ses immenses caves. Mais le magnifique bâtiment en brique donnant sur l'affreux dépotoir des O'Riordan, Jardine était devenu un des plus féroces détracteurs du couple irlandais. Personne ne savait au juste combien il avait payé cette propriété, mais le bruit courait qu'elle lui avait été cédée au cinquième de sa valeur. À l'époque, certains s'étaient demandé pourquoi un vaste presbytère datant de l'époque victorienne n'avait pas été mis sur le marché mais, comme toujours à Sowerbridge, les réponses étaient longues à venir quand elles concernaient la famille Fanshaw.

Avant les meurtres, Siobhan avait été suffisamment irritée par les perpétuelles critiques de Jeremy à l'égard des O'Riordan pour l'interroger sur la raison qui l'avait poussé à acheter l'ancien presbytère malgré le vis-à-vis. « Ce n'est pas comme si vous ignoriez la présence des voitures de Liam, lui avait-elle fait remarquer. D'après Nora Bentley, vous aviez déjà vécu deux ans au manoir avec Lavinia. » Jardine avait marmonné d'un air sinistre quelques phrases sur ces bonnes affaires qui finissent par tourner mal quand les promesses d'intervention ne sont pas suivies d'effet, et Siobhan avait interprété ses propos comme signifiant qu'il avait racheté la propriété à l'Église pour une bouchée de pain en s'imaginant à tort qu'un de ses copains du conseil général pourrait forcer les O'Riordan à nettoyer leur jardin.

Ian avait ri lorsqu'elle lui avait rapporté la conversation. « Pourquoi diable n'a-t-il pas proposé de payer lui-même le nettoyage ? Liam n'acceptera jamais de dépenser un sou pour enlever ces foutues épaves, mais il serait ravi si quelqu'un le faisait à sa place.

– Peut-être Jardine n'en a-t-il pas les moyens. Selon Nora, les Fanshaw sont beaucoup moins riches qu'on ne le croit, et Jeremy ne doit pas gagner des mille et des cents. Il a beau se vanter d'être le fournisseur des meilleures familles, la caisse de vin qu'il nous a vendue ne contenait que de la piquette.

– Cela ne lui coûterait pas grand-chose, pas en s'adressant à un ferrailleur. »

Siobhan avait agité un doigt dans sa direction. « Tu sais quel est ton problème, mon cher et tendre époux ? Tu as trop de bon sens pour vivre à Sowerbridge. De plus, tu oublies qu'il y a une question de principe en jeu. Si Jeremy paie le nettoyage, alors les O'Riordan auront gagné. Pire encore, on les considérera comme les gagnants parce que leur maison augmentera de valeur dès l'instant où les épaves auront disparu. »

Il secoua la tête. « Promets-moi seulement de ne pas t'en mêler, Shiv. Tu n'as pas plus d'estime pour les O'Riordan que quiconque, et aucune loi ne stipule que les Irlandais doivent se serrer les coudes. La vie est trop courte pour qu'on se la complique avec leurs querelles ridicules.

– Je te le promets », avait-elle répondu, et à ce moment-là elle le pensait.

C'était avant que Patrick n'ait été inculpé de meurtre...

Pour la plupart des habitants de Sowerbridge, il ne faisait aucun doute que Patrick O'Riordan considérait Lavinia Fanshaw comme une proie facile. En novembre, deux ans auparavant, il avait délesté la vieille femme à la raison chancelante d'un fauteuil Chippendale d'une valeur de cinq cents livres. Et ce, en affirmant que, selon une directive européenne, toutes les haies devaient avoir une hauteur standard. Il avait coupé les lauriers à un mètre vingt du sol en échange du meuble ancien, et revendu le feuillage à un ami qui fabriquait des couronnes de Noël.

De surcroît, il n'en avait pas eu le plus petit remords. « Une excellente opération ! avait-il déclaré peu après dans un pub d'un air enjoué en buvant sa bière à longs traits. Et elle était contente comme tout. Elle m'a dit qu'elle avait toujours détesté ce fauteuil. » Petit et sec, le crâne surmonté d'une tignasse de cheveux bruns, il avait des yeux bleus perçants avec lesquels il fixait son interlocuteur comme un chien prêt à mordre. « Dans tous les cas, j'ai rendu un fier service à ce village. Le manoir a bien meilleure allure depuis que j'ai arrangé la façade. »

Les gens avaient beau être d'accord, cela ne changeait rien à l'affaire. Même si la sénilité de Lavinia jointe à son extraordinaire longévité signifiaient que le manoir de Sowerbridge tombait rapidement en décrépitude, ce n'était pas une raison pour que quelqu'un, surtout un O'Riordan, en profite. Et la façade de Kilkenny Cottage ? faisait-on observer. Les voitures de Liam étaient bien pires que les haies sauvages de Lavinia. On soupçonnait même la garde-malade d'avoir été complice de la fraude, dans la mesure où elle ne cachait pas son acrimonie devant la détérioration du cadre dans lequel elle était censée exercer ses fonctions.

« Il m'est impossible de surveiller Mrs Fanshaw vingt-quatre heures sur vingt-quatre, avait répondu d'un ton ferme Dorothy Jenkins. Si elle a pris une décision derrière mon dos, je n'y peux rien. C'est à son petit-fils que vous devriez parler. C'est lui le mandataire, mais il ne vendra jamais le manoir avant qu'elle soit morte, parce qu'il est trop pingre pour l'envoyer dans une maison de retraite. À ce train-là, elle peut vivre encore une éternité, et ce genre d'établissement coûte plus cher que moi. Il me paie une misère sous prétexte que je suis nourrie et logée, mais il n'y a pas de chauffage, le toit fuit et les planchers sont tellement pourris qu'on risque de se rompre les os à chaque instant. Il n'attend que le jour où la pauvre vieille aura passé l'arme à gauche pour vendre le terrain à un promoteur et se mettre à vivre comme un coq en pâte. »

* *
*

Lundi 8 mars 1999, 23 h 55

À cet instant, la foule semblait plus nombreuse et plus bruyante. Comme elle ne reconnaissait pas la plupart des gens, Siobhan se dit que la nouvelle de l'incendie avait dû se répandre dans les villages environnants. Il lui paraissait invraisemblable que la police eût laissé passer les amateurs de sensations fortes, jusqu'à ce qu'elle entende un homme raconter qu'il avait garé sa voiture au bord de la route de Southampton et coupé à travers champ pour éviter le barrage. Il y avait des bousculades, et un homme dont l'haleine empestait la bière la poussa pour passer. De colère, elle lui expédia un coude pointu dans les côtes avant de prendre Nora par le bras pour l'obliger à traverser la chaussée.

« Ça va mal finir, dit-elle. Manifestement, ils sortent tout droit du pub. » Elle se faufila à travers un groupe qui se tenait le long de Malvern House et aperçut devant elle le mari de Nora, le Dr Sam Bentley, en grande conversation avec Peter et Cynthia Haversley. « Voilà Sam. Je vais vous abandonner et rentrer chez moi. Je me fais du tracas pour Rosheen et les garçons. » Elle adressa un léger signe de tête aux Haversley, salua Sam Bentley d'un geste de la main, puis se prépara à partir.

« Vous n'y arriverez pas, dit Cynthia avec force en plantant sa silhouette corsetée entre Siobhan et le carrefour. Ils ont installé des barrières tout autour du croisement et ils ne laissent passer personne. » Elle avait la figure cramoisie à cause de la chaleur, et Siobhan se demanda si elle se doutait à quel point elle était laide. Les cheveux teints en blond et le visage d'un rouge luisant faisaient penser à une soupe anglaise, et Siobhan regretta de ne pas avoir un appareil photo. Elle savait que Cynthia approchait les soixante-dix ans, car Nora avait laissé échapper un jour que Cynthia et elle étaient nées la même année; mais Cynthia elle-même préférait jeter un voile discret sur son âge. Intérieurement (et non sans mauvaise grâce), Siobhan reconnaissait qu'elle était assez bien conservée, son embonpoint lui donnant une peau lisse et ferme qui la faisait paraître beaucoup plus jeune qu'elle n'était en réalité, mais cela ne la rendait pas plus plaisante pour autant.

Siobhan avait demandé un jour à Ian s'il pensait que son antipathie pour Cynthia relevait de son caractère irlandais à elle. L'idée avait amusé son mari. « En quel sens ? Parce que cette chère Mrs Haversley symbolise l'autorité coloniale ?

– Quelque chose de ce genre.

– Ne sois pas ridicule, Shiv. Ce n'est qu'une grosse snob atteinte de mégalomanie qui adore jouir de son pouvoir. Personne ne l'aime. Surtout pas moi. Elle ne serait sans doute pas aussi exécrable si son benêt de mari avait le courage de lui résister, mais le pauvre vieux Peter est aussi mou que les autres. Tu ferais mieux de ne pas y penser. Dans le vaste plan de l'univers, elle a à peu près autant d'importance qu'un caca de pigeon sur ton pare-brise.

– Je déteste les cacas de pigeon sur mon pare-brise.

– Je sais, dit-il avec un sourire, mais tu ne crois tout de même pas que les pigeons choisissent ton pare-brise parce que tu es irlandaise ? »

Elle s'efforça de prendre l'air aimable pour répondre à Cynthia. « Oh, je suis sûre qu'ils feront une exception pour moi. Ian est en Italie cette semaine, ce qui veut dire que Rosheen et les garçons sont seuls à la maison. Dans ces conditions, je pense qu'ils me laisseront passer.

– Si ce n'est pas le cas, intervint le Dr Bentley, nous pourrons toujours, Peter et moi, vous aider à franchir le mur, ce qui vous permettra de couper par le jardin de Malvern House.

– Merci. » Elle le dévisagea un instant. « Est-ce qu'on sait comment le feu a pris, Sam ?

– Liam a dû laisser tomber une cigarette allumée. »

Siobhan fit la moue. « Alors c'était certainement la cigarette la plus lente à se consumer de toute l'histoire, répliqua-t-elle. Ils sont partis à neuf heures ce matin. »

Le médecin parut aussi embarrassé que sa femme quelques instants plus tôt. « Ce n'est qu'une supposition.

– Oh, allons donc ! Si c'était un mégot, vous auriez vu des flammes aux fenêtres à midi. » Elle reporta son attention sur Cynthia. « Cela m'étonne que Sam et Nora aient senti l'odeur de brûlé avant vous, dit-elle avec une légèreté délibérée. Peter et vous habitez beaucoup plus près.

– Nous l'aurions probablement sentie si nous avions été là, répondit Cynthia, mais nous sommes allés dîner chez des amis à Salisbury. À notre retour, Jeremy avait déjà prévenu les pompiers. » Elle la toisa des pieds à la tête comme pour la mettre au défi de contester cette affirmation.

« À vrai dire, ajouta Peter, nous avons juste eu le temps de nous faufiler avant que la police arrive avec les barrières. Autrement, ils nous auraient forcés à laisser la voiture près de l'église. »

Siobhan se demanda si les amis en question avaient réellement invité les Haversley ou si les Haversley ne s'étaient pas plutôt invités eux-mêmes. Elle opta pour cette dernière hypothèse. Aucun des voisins des O'Riordan n'aurait voulu sauver Kilkenny Cottage et, contrairement à Jeremy, songea-t-elle avec ironie, les Haversley n'avaient pas de cave où se cacher. « Il faut absolument que je m'en aille, dit-elle alors. Cette pauvre Rosheen doit être morte d'inquiétude. » Mais si elle s'attendait qu'ils manifestent de la compassion pour la nièce de Liam et de Bridey, elle en fut pour ses frais.

« Si elle était tellement inquiète, elle serait venue ici, déclara Cynthia. Avec ou sans vos garçons. Je ne sais pas pourquoi vous l'employez. C'est une des créatures les plus paresseuses et les plus sournoises que j'aie jamais rencontrées. Franchement, pour rien au monde, je n'en voudrais chez moi. »

Siobhan ne put s'empêcher de sourire. Elle avait l'impression d'entendre un disque rayé. Le jour où l'honorable Mrs Haversley raterait une occasion de stigmatiser un O'Riordan serait à marquer d'une pierre blanche. « Je pense que c'est réciproque, Cynthia. Elle préférerait se couper un bras plutôt que de travailler pour vous. »

La réplique de Cynthia, vraisemblablement acerbe à en juger par son expression hargneuse, fut couverte par un immense fracas, tandis que Kilkenny Cottage s'affaissait sur lui-même, les poutres du toit ayant fini par céder. Des cris d'allégresse s'élevèrent de la foule derrière eux et, alors que les regards étaient tournés ailleurs, Siobhan vit Peter Haversley donner discrètement à sa femme une tape dans le dos.

QUATRE

Samedi 30 janvier 1999

Siobhan s'était obstinément gardée de toute conclusion définitive à propos de la culpabilité de Patrick, même si, comme elle avait l'honnêteté de l'avouer à Ian, c'était plus pour Rosheen et pour Bridey que par conviction qu'il y eût place pour le moindre doute raisonnable. Elle n'arrivait pas à oublier la frayeur qu'elle avait lue dans le regard de Rosheen un jour où, rentrant de bonne heure à la maison, elle avait trouvé Jeremy Jardine à la porte d'entrée de la ferme. « Qu'est-ce que vous faites là », lui avait-elle demandé d'un ton irrité, surprise par les joues couleur de cendre de la nurse.

Il y avait eu un silence éloquent avant que Rosheen réussisse enfin à parler.

« Il dit que nous sommes en train de tuer une seconde fois Mrs Fanshaw en prenant le parti de Patrick, avait murmuré la jeune fille d'une voix tremblante. J'ai répondu que c'était injuste de le condamner avant d'avoir entendu tous les témoignages – vous m'avez dit vous-même que Patrick était présumé innocent jusqu'à son procès –, mais Mr Jardine n'arrête pas de me crier après. »

Jeremy s'était mis à rire. « Je faisais ma tournée avec mon nouveau catalogue de vins, expliqua-t-il en agitant son pouce vers sa voiture. Mais bon sang, vous ne voudriez pas que j'écoute tranquillement la cousine d'un assassin irlandais me jeter la loi anglaise à la figure ! »

Siobhan s'était contenue parce que ses deux fils les observaient par la fenêtre de la cuisine. « Rentrez, à présent, avait-elle dit à Rosheen, et si Mr Jardine s'avise de revenir ici pendant que Ian et moi sommes au travail, avertissez immédiatement la police. » Elle attendit pendant que la jeune fille battait en retraite avec soulagement dans les profondeurs de la maison.

« Et ce ne sont pas des paroles en l'air, Jeremy, continua-t-elle d'une voix glaciale. Aussi affecté que vous soyez par tout cela, je n'hésiterai pas à porter plainte si vous vous risquez encore à ce petit jeu. Du reste,

Rosheen ne possède aucune information susceptible d'aider Patrick, ce qui fait que vous perdez votre temps. »

Il haussa les épaules. « Vous êtes ridicule, Siobhan. Patrick est tout ce qu'il y a de coupable. Vous le savez très bien. Tout le monde le sait. Ne venez pas vous plaindre quand le jury aura montré que nous avions raison et que vous vous retrouverez mise dans le même sac que les O'Riordan.

– Merci, c'est déjà fait, répliqua-t-elle sèchement. S'il n'avait tenu qu'à vous et aux Haversley, on m'aurait lynchée depuis longtemps. Dieu sait combien je souhaite que Patrick soit libre, ne serait-ce que pour vous voir tous les trois condamnés au repentir pour le restant de vos jours... »

Ian avait écouté le résumé de la conversation d'un air soucieux. « Cela ne l'avancerait guère qu'on le relâche, fit-il remarquer. Personne ne croira à son innocence. Le bénéfice du doute, c'est très bien dans une salle de tribunal, mais cela ne comptera pour rien à Sowerbridge. Jamais il ne pourra revenir.

– Je sais.

– Alors arrange-toi pour ne pas t'impliquer trop ouvertement, l'avisa Ian. Nous allons sans doute vivre ici encore pas mal d'années, et je ne tiens pas à ce que les enfants grandissent dans un climat d'hostilité. Aide Bridey et Rosheen autant que tu voudras » – il lui adressa un sourire désabusé – « mais, de grâce, Shiv, essaie de retenir ton tempérament irlandais. Je ne suis pas certain que Patrick vaille la peine de se lancer dans une guerre ouverte, en particulier avec nos plus proches voisins. »

C'était un excellent conseil, mais difficile à suivre. L'animosité à l'égard des Irlandais était trop manifeste pour que Siobhan garde indéfiniment son calme. La guerre finit par éclater lors d'un de ces assommants dîners de Cynthia et de Peter Haversley à Malvern House, dîners qu'il était impossible d'éviter sans inventer toute une série de mensonges, au point que mieux valait encore endurer ce supplice. « Elle surveille le chemin de sa fenêtre, soupira Siobhan lorsque Ian lui demanda pourquoi ils ne pouvaient pas tout simplement répondre qu'ils avaient un autre engagement ce soir-là. Elle est au courant de tous nos faits et gestes. Elle sait quand nous sommes là et quand nous ne sommes pas là. On se croirait dans une prison.

– Je me demande pourquoi elle continue à nous inviter. »

Siobhan trouva amusante sa sincère ignorance des mobiles de Cynthia. « C'est son sport favori, répondit-elle tranquillement Le combat de l'ours et du chien… avec moi dans le rôle de l'ours. »

Ian poussa un soupir. « Alors dis-lui la vérité, à savoir que nous préférons rester ici à regarder la télévision.

– Bonne idée. Le téléphone est là. Dis-le-lui toi-même. »

Il la regarda d'un air piteux. « Elle deviendra encore plus impossible.

– Naturellement.

– Alors, peut-être devrions-nous serrer les dents et y aller.

– Pourquoi pas ? C'est ce que nous faisons d'habitude. »

La soirée avait été particulièrement sinistre, Cynthia et Jeremy monopolisant la conversation comme à l'accoutumée, Peter s'enivrant en silence et les Bentley se contentant de lâcher une remarque de temps à autre. Un silence s'était installé autour de la table, et Siobhan, qui s'était évertuée à tenir sa langue depuis leur arrivée, consulta sa montre sous la nappe en se demandant si neuf heures quarante-cinq n'était pas trop tôt pour une annonce de départ.

« Ce qui m'ennuie le plus, dit soudain Jeremy, c'est que si j'avais insisté, il y a quelques années, pour que les O'Riordan soient expulsés, cette pauvre Lavinia serait encore en vie. » Il était à peu près du même âge que les Lavenham, plutôt bien de sa personne dans le genre rubicond – à force de goûter ses marchandises, se disait Siobhan – et, encore célibataire, se targuait d'être le plus beau parti de tout le Hampshire. Bien souvent, Siobhan avait été tentée de lui demander pourquoi, étant un si beau parti, il n'était toujours pas marié, mais elle ne s'en donnait pas la peine, ayant déjà trouvé la réponse : impossible de trouver une femme assez stupide pour partager la haute opinion qu'il avait de lui-même.

« On ne peut pas expulser les gens comme ça, fit valoir d'une voix timide Sam Bentley. À ce compte-là, il suffirait à n'importe qui d'être mal vu de ses voisins pour se faire chasser de chez lui.

– Vous savez très bien ce que je veux dire, rétorqua Jeremy avec un coup d'œil appuyé à Siobhan, comme pour lui rappeler qu'elle était à mettre dans le même panier que les O'Riordan. J'aurais sans doute pu faire quelque chose... demander qu'ils soient poursuivis pour pollution de l'environnement, par exemple.

– Pour commencer, on n'aurait pas dû leur permettre de s'installer ici, déclara Cynthia. Il est anormal que nous n'ayons pas notre mot à dire quant au genre d'individus qui doivent s'installer devant notre porte. Si le conseil municipal était autorisé à donner un avis sur les éventuels nouveaux venus, jamais le problème ne se serait posé. »

Siobhan leva la tête avec un sourire incrédule devant l'arrogante assurance de Cynthia affirmant avoir le conseil municipal dans sa manche. « Quelle bonne idée ! dit-elle d'un air radieux, sans se soucier du regard d'avertissement que lui lançait Ian de l'autre côté de la table. On devrait aussi autoriser les éventuels nouveaux venus à donner leur avis sur les gens qui habitent déjà là. Cela se traduirait bien sûr par une chute vertigineuse de la valeur des propriétés, mais au moins aucun des deux camps ne pourrait prétendre ensuite qu'il ne savait pas à quoi s'en tenir. »

Malheureusement, Cynthia était trop sotte pour saisir l'ironie. « Vous vous trompez complètement, ma chère, dit-elle avec un sourire condescendant. Le prix des propriétés se mettrait à grimper. Il en est toujours ainsi quand un endroit acquiert une certaine classe.

– À condition qu'il y ait suffisamment d'acheteurs ayant envie du genre de classe que vous leur proposez. C'est de l'économie de base. » Siobhan posa les coudes sur la table et se pencha en avant, bien décidée à mettre un point final aux élucubrations autosatisfaites de cette grosse mégère, tout en reconnaissant, en son for intérieur, que sa véritable cible était Jeremy Jardine. « Et, dans le cas précis, ils ne se battront pas pour vivre à Sowerbridge quand ils sauront que, même s'ils étaient milliardaires, ils n'auraient aucune chance d'être acceptés à moins de penser, comme la mafia Fanshaw, que Hitler avait raison. »

Nora Bentley eut un léger hoquet et leur fit signe de se calmer.

Jeremy fut moins mesuré. « Eh bien, ça, alors ! s'exclama-t-il d'un ton agressif. Voilà qui est foutrement cocasse, venant d'une Irlandaise. Où se trouvait l'Irlande pendant la guerre ? Sur la touche, à faire des risettes à l'Allemagne, parfaitement. Et vous avez le culot de nous faire la leçon ! Vous autres Irlandais, vous êtes tous méprisables. Vous inondez le pays comme une armée de rats en demandant l'aumône, puis vous nous critiquez quand nous vous déclarons que vous ne valez pas les problèmes que vous nous occasionnez. »

Ce fut la goutte d'eau qui fit déborder le vase. Toute l'acrimonie qui avait été endiguée à force de sang-froid fusa des deux côtés.

« Je vous suggère de retirer ce que vous venez de dire, Jeremy, dit Ian d'une voix glaciale, prenant la défense de son épouse. Votre entreprise paierait autant d'impôts et créerait autant d'emplois que celle de Siobhan, on pourrait encore comprendre que vous parliez ainsi, mais comme cela n'est pas près de se produire, je pense que vous devriez vous excuser.

– Pas question. Pas avant qu'elle ait fait des excuses à Cynthia. »

Une fois en colère, Ian devenait encore plus impétueux que sa femme. « Elle n'a pas à s'excuser, rétorqua-t-il sèchement. Tout ce qu'elle a dit est la stricte vérité. Cynthia et vous n'avez pas plus que quiconque le droit de régenter ce village, ce que vous faites pourtant. Et de manière fort peu justifiée. Au moins, nous, nous avons acheté nos maisons tout à fait normalement. On ne peut pas en dire autant de Peter et de vous. Lui a hérité de la sienne, et vous avez eu la vôtre pour un prix dérisoire par l'entremise de votre petite clique. J'espère seulement que vous êtes prêt à assumer toutes les conséquences s'il arrivait quelque chose. Vous ne pouvez pas exciter la haine et prétendre n'y être pour rien.

– Allons, allons ! fit Sam, avec une agitation inquiète. Ce genre de propos est malsain.

– Sam a raison, approuva Nora. Il y a des paroles qui ne s'effacent pas une fois prononcées. »

Ian haussa les épaules. « Alors, dites à ce village de la boucler à propos des Irlandais en général et des O'Riordan en particulier. Ou est-ce que la loi ne s'applique pas à eux ? À moins qu'il ne soit tout simplement interdit de critiquer les Anglais huppés comme les Haversley et Jeremy ? »

Peter Haversley laissa échapper un ricanement inattendu. « Qui est huppé ? Nous sommes tous endettés jusqu'à nos foutues oreilles en attendant la vente du manoir.

– Tais-toi, Peter », intervint sa femme.

Mais il refusa de se taire. « C'est le problème avec ces meurtres. Tout devient affreusement compliqué. Il ne vous est pas permis de vendre ce qui vous appartient légitimement parce que les problèmes administratifs posés par les successions se multiplient. » Son regard vague fixa Jeremy. « C'est ta faute, espèce de sale petit cafard hypocrite. Mandataire, mon cul ! Si nous en sommes là, c'est à cause de ta cupidité. Tu as toujours été rapace… et tu le seras toujours. Je n'ai pas cessé de te seriner de mettre cette vieille sangsue dans une maison, mais est-ce que tu m'as écouté ? Ne t'en fais pas, répétais-tu, elle n'en a plus pour longtemps… »

* *
*

Mardi 9 mars 1999, 0 h 23

La lumière de l'entrée était allumée quand Siobhan arriva enfin à la ferme, mais il n'y avait pas trace de Rosheen. Surprise, elle vérifia l'heure et s'aperçut qu'il était minuit passé. Elle pénétra dans la cuisine et s'accroupit pour donner une caresse au brave Patch, le chien des O'Riordan, qui, couché devant le poêle, leva la tête et agita son petit bout de queue avant de bâiller à s'en décrocher la mâchoire et de se rendormir. Siobhan avait accepté de le garder durant l'absence des O'Riordan, et il paraissait se sentir tout à fait à l'aise dans son nouvel environnement. Elle regarda par la fenêtre en direction du feu, mais on ne voyait rien, hormis la forme sombre des arbres bordant la propriété, et elle se dit que Rosheen ne se doutait probablement pas que la maison de son oncle avait brûlé.

Elle monta l'escalier à pas de loup pour aller voir ses deux jeunes fils, qui, à l'instar de Patch, s'éveillèrent brièvement, le temps de passer les bras autour de son cou pour recevoir ses baisers, avant de fermer à nouveau les yeux. Elle s'arrêta un instant devant la chambre de Rosheen dans l'espoir d'entendre le son de la télévision, mais tout était silencieux, et elle redescendit l'escalier, soulagée de ne pas avoir à fournir d'explications pour ce soir. Rosheen avait été terrifiée par les slogans anti-irlandais griffonnés sur les murs de Kilkenny Cottage; Dieu sait quelle serait sa réaction en apprenant que la maison avait été détruite.

Son engagement chez eux avait été le fruit du hasard bien plus que d'une décision préméditée, l'ancienne gouvernante – une jeune femme quelque peu portée sur le mélodrame – ayant annoncé après deux semaines passées dans le Hampshire rural qu'elle préférait « mourir » plutôt que de rester une minute de plus loin des néons de Londres. En désespoir de cause, Siobhan avait accepté la proposition avancée timidement par Bridey de faire venir Rosheen d'Irlande pour un mois d'essai – *C'est la fille du frère de Liam, et elle s'y prend à merveille avec les enfants. Elle s'occupe de ses frères et de ses cousins depuis qu'elle est haute comme trois pommes, et on ne tarit pas d'éloges sur son compte* –, et Siobhan avait été surprise de la rapidité et de l'aisance avec lesquelles la jeune fille s'était intégrée dans la maisonnée.

Ian nourrissait quelques réserves – *Elle est trop jeune... trop écervelée... Je ne suis pas sûr d'avoir envie d'être lié à ce point-là avec les O'Riordan* –, mais il n'avait pas pu s'empêcher de l'admirer quand, après l'arrestation de Patrick, elle avait refusé d'abandonner aussi bien Siobhan que Bridey malgré l'hostilité du village. « Remarque, je ne jurerais pas que ce soit la loyauté familiale qui la retienne ici.

– Alors quoi d'autre ?

– Ses parties de jambes en l'air avec Kevin Wyllie. Elle défaille chaque fois qu'elle l'aperçoit, en dépit du fait qu'il est probablement au mieux avec les brutes qui terrorisent Liam et Bridey.

– Tu ne peux pas le lui reprocher. Il a grandi ici. J'imagine que la plupart des habitants de Sowerbridge pourraient facilement donner des noms s'ils le voulaient. Au moins, il a eu le courage de rester aux côtés de Rosheen.

– C'est un rustre illettré avec un QI en dessous de zéro, grommela Ian. Rosheen n'est pas stupide. Je me demande bien ce qu'ils trouvent à se dire. »

Siobhan gloussa. « Je ne crois pas que ce soit à sa conversation qu'elle s'intéresse. »

Se sentant trop énervée pour dormir, elle se versa un verre de vin et écouta les messages sur le répondeur. Il y avait deux appels professionnels suivis d'un troisième de Ian. *Salut, c'est moi. Les choses avancent bien côté Ravenelli. Normalement, les Intérieurs Lavenham devraient pouvoir proposer la soie italienne imprimée à la main dès le mois d'août. Pas mal, hein ? Je vois déjà au moins deux projets de décoration qui pourraient bénéficier des modèles qu'ils m'ont montrés. Cela te plaira, Shiv. Volutes bleu-vert avec toutes les nuances d'ocre possibles et imaginables.* Une interruption le temps d'un bâillement. *Vous me manquez terriblement, les enfants et toi. Si tu rentres avant onze heures, appelle-moi. Sinon, je te parlerai demain matin. Je serai à la maison vendredi.* Il terminait par un baiser baveux qui la fit rire.

Le dernier message provenait de Liam O'Riordan et avait été manifestement intercepté par Rosheen. *Allô ? Est-ce que tu es là, Rosheen ? C'est…*, disait Liam avant d'être coupé par quelqu'un qui décrochait. Par curiosité, elle tapa le 1-4-7-1 pour savoir quand avait téléphoné Liam, et c'est avec ahurissement qu'elle entendit la voix synthétique donner l'heure de l'appel comme étant « 20 h 36 », et le numéro d'origine le « 8-2-7-5-3-8 ». Elle connaissait les chiffres par cœur, mais elle chercha dans l'annuaire pour s'en assurer. *Liam et Bridey O'Riordan, Kilkenny Cottage, Sowerbridge, Tél. : 827538.*

Pour la seconde fois de la soirée, sa réaction instinctive fut la dénégation. C'était une erreur… Liam n'avait pas pu téléphoner de Kilkenny Cottage à huit heures et demie… Les O'Riordan se trouvaient à Winchester sous la protection de la police pour la durée du procès… Kilkenny Cottage était vide quand l'incendie avait éclaté…

Mais, oh, mon Dieu ! Et si ce n'était pas le cas ?

« Rosheen ! » cria-t-elle. Elle remonta l'escalier quatre à quatre et se mit à tambouriner contre la porte de la gouvernante. « Rosheen ! C'est Siobhan. Lève-toi. Est-ce que Liam était dans la maison ? » Elle ouvrit brusquement et alluma, avant de promener un regard désemparé dans la chambre, car il n'y avait personne.

* *
*

Mercredi 10 février 1999

Au cours de son entretien avec l'inspecteur, Siobhan avait soulevé la question des héritiers de Lavinia Fanshaw. « Vous ne sauriez négliger le fait que Peter Haversley et Jeremy Jardine possédaient un motif bien plus solide que n'aurait pu en avoir Patrick. Tous deux avaient de bonnes chances de figurer sur son testament, et ni l'un ni l'autre n'ont jamais caché qu'ils souhaitaient sa mort. Le mari de Lavinia avait une sœur, aujourd'hui décédée, qui a eu un seul enfant, Peter, lequel n'en a pour sa part aucun. Et l'unique enfant de Lavinia, une fille, également décédée, a eu Jeremy, qui ne s'est jamais marié. »

Il avait souri devant l'étendue de ces investigations. « Nous ne le négligeons pas, Mrs Lavenham. C'est même la première chose que nous avons examinée, mais vous savez mieux que personne qu'ils n'auraient pas pu la tuer, puisque vous et votre mari avez confirmé leur alibi. C'était votre soirée. C'est vous qui les aviez invités…

– Seulement de huit heures le samedi soir à deux heures le dimanche matin, protesta Siobhan. Et ce n'était pas par plaisir. Avez-vous idée de ce que c'est que de vivre dans un village comme Sowerbridge, inspecteur ? Les invitations à dîner sont considérées comme intrinsèquement supérieures à un vendredi ou un samedi soir passé devant son poste de télévision, même si l'on est sûr d'avoir droit chaque fois aux mêmes gens ennuyeux et aux mêmes conversations insipides. C'est une question de statut social. » Elle eut un haussement d'épaules sarcastique. « Pour ma part, je préfère encore regarder un bon Schwarzy ou un Sylvester Stallone à la télé plutôt que d'avoir à faire semblant de m'intéresser aux hypothèques ou au plan de retraite de Dieu sait qui, mais enfin… zut, il est vrai que je suis irlandaise, et que les Irlandais sont du dernier commun, c'est bien connu.

– Question statut social, vous serez servie quand aura lieu le procès, répondit avec amusement l'inspecteur. C'est vous qui fournirez les alibis.

– Cela me serait impossible si nous avions réussi à nous débarrasser plus tôt de Jeremy et des Haversley. Croyez-moi, ce n'est pas Ian et moi qui les avons retenus. Nous avons tout fait pour qu'ils déguerpissent, mais ils s'obstinaient à ne pas comprendre. Sam et Nora Bentley sont partis à une heure raisonnable, malheureusement les autres ont refusé de bouger. Êtes-vous sûr que Lavinia a été tuée entre onze heures et minuit ? Vous ne trouvez pas bizarre que ce soit précisément mon témoignage qui mette hors de cause Peter et Jeremy ? Chacun sait que je suis la seule personne à Sowerbridge qui n'hésiterait pas à apporter son appui à Patrick O'Riordan si je le pouvais.

– Et qu'est-ce que cela change ?

– Cela fait de moi un témoin assez peu enthousiaste, ce qui donne encore plus de poids à ma parole. »

L'inspecteur secoua la tête. « Je pense que vous exagérez l'importance de votre rôle dans tout cela, Mrs Lavenham. Si Mr Haversley et Mr Jardine s'étaient mis d'accord pour assassiner Mrs Fanshaw, n'auraient-ils pas choisi de partir pour le week-end, par exemple en Irlande ? Cela leur aurait donné un alibi bien plus solide que de passer six heures chez un témoin hostile. Dans tous les cas, continua-t-il à regret, il n'y a aucune ambiguïté quant au moment où ont été commis les meurtres. De nos jours, les médecins légistes sont capables d'une très grande précision, surtout lorsque les corps sont découverts dans un laps de temps aussi bref. »

Siobhan n'était pas prête à abandonner aussi facilement. « Il est tout de même étrange que cela se soit produit justement le soir où Ian et moi recevions à dîner. Nous détestons ce genre de chose. Nos réceptions se limitent à quelques barbecues l'été quand des amis viennent nous voir. Toujours improvisés et à la bonne franquette. Je n'arrive pas à croire que ce soit par hasard que Lavinia ait été tuée le seul soir de l'année pour lequel nous avions lancé des invitations » – sa bouche se tordit – « *six semaines à l'avance*... »

Le policier la regarda pensivement. « Si vous pouvez m'expliquer comment ils ont fait ça, je serai peut-être d'accord avec vous.

– Avant d'arriver chez nous, ou après leur départ, suggéra-t-elle. Le médecin légiste s'est trompé dans ses estimations. »

Il tira une feuille de papier d'une pile posée sur son bureau et la poussa vers elle. « Ceci est la liste de tous les coups de téléphone donnés du manoir au cours de la semaine précédant les meurtres.» Il indiqua du doigt le dernier. «Celui-ci, passé par Dorothy Jenkins à une de ses amies à Londres, a été enregistré à ving-deux heures trente le soir de sa mort. La communication a duré à peine plus de trois minutes. Nous avons parlé à l'amie en question, qui a déclaré que Miss Jenkins semblait "à bout de nerfs". Apparemment, Mrs Fanshaw était une patiente difficile – comme le sont généralement les personnes atteintes de la maladie d'Alzheimer –, et Miss Jenkins avait téléphoné à cette femme – infirmière elle aussi – pour lui dire qu'elle n'avait qu'une envie, c'était d'"étouffer cette vieille bique séance tenante". Ce n'était pas la première fois que cela arrivait, mais ce soir-là Miss Jenkins était en larmes, et elle a raccroché avec brusquerie quand son amie lui a dit qu'elle ne pouvait pas parler longtemps parce qu'elle était avec quelqu'un.» Il marqua un temps d'arrêt. «L'amie, reprit-il, a été suffisamment inquiète pour, une fois seule, la rappeler, et elle situe son coup de fil aux alentours de minuit et quart. La ligne était occupée, de sorte qu'elle n'a pas réussi à la joindre. Elle avoue en avoir été soulagée en pensant que Miss Jenkins avait déniché quelqu'un d'autre à qui se confier.»

Siobhan fronça les sourcils. « Eh bien, cela prouve au moins qu'elle était encore en vie après minuit. »

L'inspecteur secoua la tête. « Je crains que non. On a trouvé l'appareil de la cuisine à côté du support. Il se peut que Miss Jenkins ait tenté d'appeler police secours au moment où elle a été attaquée » – il donna une tape sur la feuille –, « ce qui signifie que, avec ou sans les calculs du médecin légiste, elle a probablement été tuée entre cette ultime communication consignée à vingt-deux heures trente et la tentative faite par son amie à minuit quinze, alors que le téléphone était déjà décroché. »

CINQ

Mardi 9 mars 1999, 0 h 32

Siobhan avait déjà saisi le combiné pour signaler la disparition de Rosheen à la police, quand elle fut assaillie de doutes. Jamais ils n'avaient levé le petit doigt par le passé, songea-t-elle, alors pourquoi le feraient-ils maintenant ? Il lui était facile de deviner la teneur de la conversation, pour la bonne raison qu'elle l'avait vécue maintes fois.

Calmez-vous, Mrs Lavenham... C'est sûrement un canular... Voyons... Est-ce que quelqu'un ne vous aurait pas téléphoné récemment en se faisant passer pour Bridey et en prétendant être au bord de l'infarctus... ? Nous lui avons expédié une ambulance, pour la trouver assise bien tranquillement devant sa télévision... Vous êtes irlandaises, votre gouvernante et vous... On aura jugé amusant de vous faire marcher en s'introduisant dans

Kilkenny Cottage pour téléphoner... Tout le monde sait que les O'Riordan ne prennent pas la peine de fermer la porte de derrière... Malheureusement, il n'y a pas de lois qui interdisent les farces... Votre gouvernante... ? Elle sera en train de regarder le feu comme tout le monde...

Avec un soupir de découragement, elle posa le combiné et réécouta le message. *Allô ? Est-ce que tu es là, Rosheen ? C'est...*

La première fois, elle avait cru dur comme fer qu'il s'agissait de Liam, mais à présent elle en était déjà moins certaine. L'accent irlandais est tout ce qu'il y a de plus facile à imiter, et celui de Liam était si prononcé que n'importe quel idiot pouvait facilement donner le change. Désireuse d'avoir un avis sensé, elle appela Ian dans sa chambre d'hôtel à Rome.

« C'est moi, dit-elle. Je viens seulement de rentrer. Je suis désolée de te réveiller, mais ils ont brûlé Kilkenny Cottage et Rosheen a disparu. Est-ce que tu crois que je devrais prévenir la police ?

– Un instant, murmura-t-il d'une voix endormie. Répète-moi ça. Qui a... ?

– Je ne sais pas, répondit-elle, excédée. Quelqu'un... N'importe qui... Peter Haversley a donné à Cynthia une tape dans le dos quand le toit s'est écroulé. Si je savais où se trouvent les O'Riordan, je leur téléphonerais, mais Rosheen est la seule à connaître le numéro... et elle n'est pas là. Je retournerais jusqu'à l'incendie si j'avais une voiture – le village grouille de policiers –, mais j'ai dû abandonner la mienne près de l'église, la tienne est à Heathrow... et les enfants n'auront jamais la force de faire tout le chemin à pied, pas à cette heure de la nuit. »

Il étouffa un long bâillement. « Tu vas beaucoup trop vite. Je viens juste de me réveiller. Qu'est-ce que c'est que cette histoire d'incendie de Kilkenny Cottage ? »

Elle entreprit de le lui expliquer lentement.

«Et où est Rosheen ? » Il semblait avoir l'esprit plus alerte. « Pourquoi diable a-t-elle laissé les garçons ?

– Je l'ignore. » Elle lui parla de l'appel téléphonique en provenance de Kilkenny Cottage. « Si c'était Liam, elle est peut-être allée le voir, et maintenant j'ai peur qu'ils n'aient été dans la maison quand le feu a pris. Tout le monde pense qu'elle était vide parce qu'on les a vus partir ce matin. » Elle lui décrivit la scène : Liam aidant Bridey à grimper dans la vieille Ford, puis passant, le visage fermé, devant le groupe de voisins non moins maussades qui s'étaient rassemblés au carrefour pour assister à leur départ. « C'était affreux, dit-elle. Juste au moment où j'allais chercher Patch, Cynthia s'est mise à les huer, et les autres ont suivi l'exemple. Vraiment, je les déteste, Ian. »

Il ne répondit pas tout de suite. « Écoute, déclara-t-il enfin. Les pompiers ne se contentent pas de on-dit dans ce genre de cas. Ils ont sûrement vérifié qu'il n'y avait plus personne à l'intérieur de la maison dès leur arrivée. Et si Liam et Bridey étaient revenus, la voiture aurait été garée devant, et quelqu'un s'en serait aperçu. D'accord, j'admets que ce village est rempli de fanatiques, mais ce ne sont pas des assassins, Shiv. Ils ne resteraient pas là à se tourner les pouces s'ils pensaient que les O'Riordan sont en train de griller. Allons, réfléchis un peu. Tu sais bien que j'ai raison.

– Et Rosheen ?

– Oui, eh bien, fit-il d'une voix sèche, ce ne serait pas la première fois, hein ? Es-tu allée voir dans la grange ? Je présume qu'elle est là-bas en train de se faire culbuter par Kevin Wyllie.

– C'est arrivé une seule fois.

– C'est arrivé une seule fois qu'elle se serve de la grange, corrigea-t-il, mais Dieu sait combien de fois elle s'est fait culbuter par Kevin. Je te parie tout ce que tu veux qu'ils sont planqués quelque part et que tu la verras revenir le sourire aux lèvres au moment où tu t'y attendras le moins. Et j'espère bien que tu lui passeras un savon. Elle n'a pas à laisser les garçons tout seuls. »

Elle ne répondit pas, n'ayant guère envie d'être entraînée dans un débat supplémentaire à propos de la moralité de Rosheen. Ian partait du principe que ce qu'on ne voit pas n'existe pas et refusait d'admettre l'hypocrisie de sa position, tandis que l'opinion de Siobhan était que Kevin, avec son charme animal, ne représentait pour Rosheen qu'un simple passe-temps en attendant mieux. *Dieu sait que toutes les femmes en font autant... Le chemin de la respectabilité n'a rien d'une ligne droite...* Quoi qu'il en soit, elle était d'accord avec la conclusion de Ian. Même si c'était Liam qui avait téléphoné de Kilkenny Cottage, le premier devoir de Rosheen était de veiller sur James et Oliver. « Alors qu'est-ce que je dois faire ? Attendre simplement son retour ?

– Tu n'as pas vraiment le choix. Les flics n'entreprendront aucune recherche ce soir. D'ailleurs, elle a plus de vingt et un ans.

– Bon. »

Il la connaissait trop bien. « Tu n'as pas l'air convaincue. »

Elle ne l'était pas, et pourtant la conduite de Rosheen la tracassait beaucoup moins que lui. Le fait qu'ils soient rentrés de bonne heure un soir et qu'ils l'aient trouvée dans la grange, fesses à l'air, avait profondément offusqué Ian, bien que la jeune fille eût emporté l'Interphone pour rester en contact avec les enfants. Ian avait voulu la renvoyer sur-le-champ, mais Siobhan l'en avait dissuadé après avoir arraché à Rosheen la promesse qu'elle réserverait à l'avenir ses galipettes pour ses heures de loisirs. Après coup, et parce qu'elle était beaucoup moins puritaine que son Anglais de mari, Siobhan s'était enfoui la tête dans son oreiller pour étouffer une irrépressible envie de rire. Pour elle, Rosheen avait fait preuve d'un tact typiquement irlandais en choisissant de se faire sauter dans la grange plutôt que sous le toit des Lavenham. Comme elle le fit observer à Ian : « Jamais nous n'aurions su que Kevin était là si elle l'avait emmené dans sa chambre en lui recommandant de ne pas faire trop de bruit. »

« C'est seulement que je suis fatiguée », mentit-elle, consciente de l'impossibilité de communiquer ses appréhensions par téléphone à quelqu'un se trouvant à plus d'un millier de kilomètres. Même quand tout allait bien, les maisons vides lui donnaient le frisson – à cause de la vieille demeure de son enfance, pleine de coins et de recoins, que son imagination fertile peuplait de géants et de spectres...

« Écoute, rendors-toi, je t'appellerai à nouveau demain matin. Les choses se seront peut-être arrangées. Tâche seulement d'être là vendredi, conclut-elle d'une voix sévère, ou je demande immédiatement le divorce. Je ne t'ai pas épousé pour que tu m'abandonnes au profit des frères Ravenelli.

– D'accord », promit-il.

Siobhan écouta le déclic de l'appareil qu'on raccrochait, puis reposa elle-même le combiné, avant d'ouvrir la porte d'entrée et d'observer la forme noire de la grange. Elle guetta un rai de lumière entre les doubles portes, tout en sachant qu'elle perdait son temps. Rosheen avait été si terrifiée quand Ian avait menacé d'informer de l'incident ses parents en Irlande que ses petites séances avec Kevin se déroulaient désormais dans des endroits beaucoup plus discrets que la grange.

En soupirant, Siobhan regagna la cuisine et s'installa sur un coussin devant le poêle, la tête de Patch en travers de ses genoux et la bouteille de vin à portée de la main. Il lui fallut encore dix minutes pour s'apercevoir que la clé de Kilkenny Cottage, suspendue d'ordinaire à un crochet du buffet, n'était plus là.

* *
*

Mercredi 10 février 1999

« Mais comment pouvez-vous être aussi sûr qu'il s'agit de Patrick ? avait demandé Siobhan à l'inspecteur. Pourquoi pas un total inconnu ? Après tout, n'importe qui aurait pu prendre le marteau dans la boîte à outils s'il l'avait laissée dans la cuisine comme il l'affirme.

– Parce qu'il n'y avait aucune trace d'effraction. Celui qui les a tuées ou bien possédait une clé de la porte d'entrée ou bien a été introduit par Dorothy Jenkins. Ce qui veut dire que c'était nécessairement quelqu'un qu'elle connaissait.

– Peut-être n'avait-elle pas fermé à clé, dit Siobhan, se raccrochant à toutes les hypothèses. Peut-être est-on passé par la porte de derrière.

– Avez-vous déjà essayé d'ouvrir la petite porte du manoir, Mrs Lavenham ?

– Non.

– Outre le fait que la serrure est complètement rouillée, le bois est tellement gonflé par l'humidité qu'il faut donner un coup d'épaule pour l'ouvrir et qu'elle grince horriblement. Si un inconnu était entré par la petite porte à onze heures du soir, il n'aurait pas trouvé Miss Jenkins dans la cuisine. Rien qu'en entendant le grincement de la porte, elle aurait pris ses jambes à son cou et se serait servie du téléphone à l'étage pour appeler la police.

– Vous n'en savez rien, objecta Siobhan. Sowerbridge est l'endroit le plus paisible de la terre. Pourquoi aurait-elle pensé à un intrus ? Elle se serait probablement dit que Jeremy était venu dire un petit bonsoir à sa grand-mère.

– J'en doute. » Il prit un stylo et se mit à le tourner entre ses doigts. « D'après ce que nous avons pu établir, cette porte n'était jamais utilisée. Et le fait est qu'aucun des voisins ne se rappelle être passé par là. Le laitier raconte que Miss Jenkins la gardait fermée à clé parce que, une fois où elle avait essayé de l'ouvrir, la porte s'était coincée, au point qu'elle avait dû lui demander de la refermer. »

Elle poussa un soupir de capitulation. « Patrick s'est toujours montré si gentil avec les enfants et moi. Je n'arrive pas à croire que ce soit un assassin. »

Il sourit de sa naïveté. « Les deux ne sont pas forcément contradictoires, Mrs Lavenham. Je suppose que les voisins de Jack l'Éventreur disaient la même chose de lui. »

* *
*

Mardi 9 mars 1999, 1 heure

Les gens commencèrent à grelotter tandis que les lances à incendie aspergeaient les ruines fumantes et que l'odeur âcre des cendres mouillées leur picotait les narines. Le moment d'excitation passé, un sentiment de honte avait envahi les habitants de Sowerbridge – les plaisirs sadiques étaient peut-être étrangers à leur nature, en fin de compte –, et petit à petit la foule commençait à se disperser. Seuls les Haversley, les Bentley et Jeremy Jardine s'attardaient au carrefour, retenus par leur mutuelle fascination pour la scène d'horreur qui ne manquerait de les accueillir chaque fois qu'ils sortiraient de chez eux.

« Nous n'allons pas pouvoir ouvrir les fenêtres pendant des semaines, dit Nora Bentley en plissant le nez. L'odeur sera insupportable.

– Attendez que le vent se lève et expédie de la suie partout, ce sera encore pire », se plaignit Peter Haversley en ôtant la cendre sur son manteau.

Sa femme émit un claquement de langue impatient. « Eh bien, nous ferons avec, dit-elle. Ce n'est tout de même pas la fin du monde ! »

Sam Bentley la surprit en éclatant de rire. « Bien parlé, Cynthia, étant donné que vous êtes aux avant-postes. Les vents dominants viennent du sud-ouest, ce qui signifie que toute cette saleté ira s'abattre sur Malvern House. Mais comme on dit » – il s'arrêta et se tourna vers Peter – « qui sème le vent récolte la tempête, n'est-ce pas ? »

Un bref silence suivit.

« Avez-vous remarqué que les épaves de Liam sont intactes ? demanda Nora avec une gaieté factice. C'est le ciel qui nous punit, vous ne croyez pas ?

– Ne soyez pas ridicule ! » s'exclama Jeremy.

Sam eut un nouveau ricanement. « Est-ce si ridicule ? Vous vous êtes suffisamment plaint quand ces voitures étaient le seul motif de tracas. À présent, vous voilà en plus avec une maison calcinée. Je doute fort que les O'Riordan aient eu une assurance, de sorte qu'il s'écoulera des années avant qu'il se passe quoi que ce soit. Si vous avez de la chance, un promoteur achètera le terrain et fera construire des cages à lapins devant votre porte. Si vous n'en avez pas, Liam se confectionnera une cabane en tôle ondulée et vivra dedans. Et savez-vous, Jeremy, j'espère bien qu'il le fera. La vengeance est un plat plus savoureux que tout ce que pourrait offrir la loi.

– Qu'est-ce que cela veut dire au juste ?

– Que vous auriez été mieux inspiré d'appeler les pompiers plus tôt, répondit le docteur sans ambages. Néron a peut-être joué de la lyre pendant que Rome brûlait, mais ça n'a pas servi sa réputation. »

Nouveau silence.

« Qu'insinuez-vous ? demanda Cynthia d'un ton agressif. Que Jeremy aurait pu empêcher l'incendie ? »

Jeremy Jardine se croisa les bras. « Parce que alors je n'hésiterai pas à vous poursuivre pour diffamation, Sam.

– Vous risquez d'avoir fort à faire. La moitié du village se demande pourquoi Nora et moi avons senti l'odeur de brûlé avant vous, et pourquoi Cynthia et Peter sont allés à Salisbury un lundi soir pour la première fois de mémoire d'homme.

– Une coïncidence, grommela Peter Haversley. Une simple coïncidence.

– J'espère pour vous que vous dites la vérité, murmura Sam en passant une main lasse sur son visage gris de cendre, parce qu'il n'y a pas que la police qui posera des questions. Les Lavenham ne resteront certainement pas muets.

– Vous ne prétendez tout de même pas que l'un de nous a mis le feu à cette espèce de porcherie ! lança Cynthia d'un ton indigné. Franchement, Sam, parfois, je m'interroge à votre sujet. »

Le vieux médecin secoua tristement la tête en regrettant de ne pas pouvoir, à l'instar de Siobhan Lavenham, la détester cordialement. « Non, Cynthia, je prétends seulement que vous saviez très bien ce qui allait se passer et que vous avez même encouragé les jeunes de la région à le faire. Vous aurez beau alléguer que vous vouliez venger la mort de Lavinia et de Dorothy, l'incitation au meurtre est passible de poursuites, et » – il poussa un soupir – « ne comptez pas sur moi pour vous plaindre si vous vous retrouvez en prison. »

Derrière eux, dans le hall de Malvern House, le téléphone se mit à sonner.

* *
*

Mercredi 10 février 1999

Siobhan avait posé une enveloppe décachetée sur le bureau devant l'inspecteur. « Même si Patrick est le meurtrier et que Bridey est au courant, cela n'excuse pas ce genre de chose, dit-elle. Je ne peux pas prouver que c'est l'œuvre de Cynthia Haversley, mais j'en suis pratiquement certaine. Elle a fait tout ce qu'elle a pu pour rendre la vie infernale à Liam et à Bridey et les obliger à partir d'eux-mêmes. »

Avec un froncement de sourcils, l'inspecteur en sortit une feuille de papier repliée et lut le message suivant, formé de lettres découpées :

« UNe COrDE SeRait TRop BoNNe
PoUr DEs SALauDS de VOTRE esPÈce
« ALLez rôTir en enfer »

« À qui cette lettre était-elle adressée ? interrogea-t-il.

– À Bridey.

– Pourquoi vous l'a-t-elle remise plutôt qu'à la police ?

– Elle savait que je venais ici aujourd'hui, et elle m'a demandé de la prendre avec moi. On l'a glissée dans sa boîte aux lettres avant-hier soir. »

(« Ils vous écouteront davantage que moi, avait dit la vieille femme en pressant Siobhan de prendre l'enveloppe. Essayez de leur faire comprendre que nous sommes en danger, avant qu'il soit trop tard. »)

Il retourna l'enveloppe. « Pourquoi pensez-vous que cela vient de Mrs Haversley ? »

L'intuition féminine, songea-t-elle avec une ironie désabusée. « Parce que les caractères ont la même forme que ceux des gros titres du *Daily Telegraph*, et que Cynthia l'achète tous les jours.

– Comme combien d'autres gens à Sowerbridge ? »

Elle esquissa un sourire. « Pas mal, mais personne ne possède un esprit aussi perfide que celui de Cynthia Haversley. Elle adore créer la pagaille. Elle n'est jamais aussi satisfaite que lorsqu'elle peut pousser les gens à bout. Cela lui donne le sentiment de sa propre importance que de forcer chacun à faire ses quatre volontés.

– Vous ne l'aimez pas. » C'était une affirmation plus qu'une question.

« Non.

– Moi non plus, avoua l'inspecteur, mais cela ne la rend pas coupable pour autant, Mrs Lavenham. Liam et/ou Bridey auraient tout aussi bien pu se procurer un exemplaire du *Daily Telegraph* et s'envoyer eux-mêmes la lettre.

– C'est ce que Bridey pensait que vous répondriez.

– Parce que c'est la vérité ? suggéra-t-il d'une voix douce. Mrs Haversley est une grosse femme maladroite aux doigts boudinés et, si elle avait mis des gants, l'exercice lui aurait été impossible. Ce travail » – il effleura la feuille – « est beaucoup trop soigné. Il n'y a pas un caractère de travers.

– Alors Peter.

– Peter Haversley est un alcoolique. Il a les mains qui tremblent.

– Jeremy Jardine ?

– J'en doute. Les lettres anonymes sont généralement écrites par des femmes. Je regrette, Mrs Lavenham, mais je suis prêt à parier que les seules empreintes digitales que je trouverai sur celle-ci – hormis les vôtres et les miennes – sont celles de Bridey O'Riordan. Non pas parce que l'expéditeur portait des gants, mais parce que c'est Bridey qui l'a écrite. »

* *
*

Mardi 9 mars 1999, 1 h 10

Le Dr Bentley eut un claquement de langue soucieux tandis qu'il détachait son regard de Cynthia pour le fixer sur le mari de celle-ci. Peter se dirigeait vers eux d'un pas mal assuré après avoir répondu au téléphone, le visage décoloré dans les phares des voitures de pompiers. « Vous devriez être couché, mon vieux. Et nous également. Les émotions fortes ne sont plus de notre âge. »

Peter Haversley l'ignora. « C'était Siobhan, dit-il d'une voix saccadée. Elle veut que je dise à la police que Rosheen a disparu. Elle prétend que Liam a appelé la ferme de Kilkenny Cottage à vingt heures trente, et elle a peur que Rosheen et lui ne se soient trouvés à l'intérieur quand le feu a commencé.

– Ce n'est pas possible, dit Jeremy.

– Qu'en savez-vous ?

– Nous avons vu Liam et Bridey partir pour Winchester ce matin.

– Et si Liam était revenu protéger sa maison ? Et s'il avait téléphoné à Rosheen pour lui demander de le rejoindre ?

– Oh, pour l'amour du ciel, Peter ! répliqua Cynthia d'un ton sec. Siobhan essaie encore de faire des histoires, voilà tout. Tu sais bien comment elle est.

– Je ne crois pas. Elle semblait bouleversée. » Il regarda autour de lui, cherchant un policier. « Il vaut mieux que je les prévienne. »

Mais sa femme le saisit par le bras pour l'en empêcher. « Non, lança-t-elle d'un ton venimeux. Laisse donc Siobhan laver son linge sale elle-même. Puisqu'elle tient tellement à employer une traînée pour s'occuper de ses enfants, c'est à elle de la surveiller, pas à nous. »

Il y eut un moment de silence, pendant lequel Peter dévisagea sa femme avec effroi comme s'il la voyait pour la première fois, puis il libéra son bras et la gifla. « Quels que soient les abîmes de bassesse dans lesquels tu as pu m'entraîner, répondit-il, je ne suis pas un meurtrier... »

* *

*

DERNIÈRES NOUVELLES

The Daily Telegraph
Mardi 9 mars 1999

Une famille irlandaise victime d'un incendie criminel

La maison familiale de Patrick O'Riordan, actuellement jugé pour les meurtres de Lavinia Fanshaw et de Dorothy Jenkins, a brûlé de fond en comble hier soir, à la suite de ce que la police suppose être un acte criminel. On ignore où se trouvent les vieux parents de O'Riordan, et le bruit court que des corps auraient été retirés de la cuisine ravagée par les flammes. La police se refuse à confirmer ou à infirmer ces rumeurs. Les soupçons s'orientent vers des éléments locaux ayant mené une campagne de haine contre les O'Riordan. Face aux critiques qui lui sont adressées, la police du Hampshire a réaffirmé qu'elle n'aurait aucune indulgence pour ceux qui décideraient de se substituer à la loi. « Nous n'hésiterons pas à engager des poursuites, a déclaré un porte-parole des forces de l'ordre. Ces prétendus justiciers doivent comprendre que l'incendie volontaire constitue un délit grave. »

SIX

Mardi 9 mars 1999

En entendant une voiture remonter le chemin à six heures, Siobhan espéra un bref instant, sans trop y croire, que quelqu'un avait retrouvé Rosheen et la ramenait à la maison. Les yeux creusés par le manque de sommeil, elle ouvrit la porte d'entrée et regarda les deux policiers sur le seuil. Dans la lumière grise de l'aube, ils avaient l'air de fantômes. Des oiseaux de mauvais augure, pensa-t-elle en apercevant leur expression. Elle se rendit compte que l'un était l'inspecteur principal et l'autre le jeune agent qui lui avait fait signe de s'arrêter la veille au soir. « Entrez, je vous en prie, dit-elle en ouvrant la porte toute grande.

– Merci. »

Elle les conduisit à la cuisine, se laissa tomber sur le coussin devant le poêle et prit Patch dans ses bras. « C'est le chien de Bridey, expliqua-t-elle en lui caressant le museau. Elle l'adore. Et lui aussi. Le problème, c'est qu'il fait un chien de garde lamentable. Il est comme Bridey » – des larmes de fatigue lui vinrent aux yeux – « pas très futé, pas très courageux, mais d'une gentillesse sans bornes. »

Les deux policiers se tenaient gauchement devant elle, ne sachant où s'asseoir ni quoi dire.

« À voir votre mine, murmura-t-elle d'une voix hésitante, je suppose que vous êtes venus m'annoncer que Rosheen est morte.

– Nous n'en savons rien encore, Mrs Lavenham », répondit l'inspecteur, tournant une chaise vers elle et s'y installant. Il fit signe au jeune agent de l'imiter. « Nous avons découvert un corps dans le périmètre de la cuisine, mais il faudra un peu de temps » – il s'interrompit, ne sachant comment continuer – « enfin, il était si brûlé qu'il n'avait plus rien de reconnaissable. Nous attendons le rapport du médecin légiste afin d'avoir une idée de l'âge » – il s'arrêta à nouveau – « et du sexe.

– Mon Dieu ! fit-elle d'une voix pesante, c'est sûrement Rosheen.

– Pourquoi pas Bridey ou Liam ?

– Parce que vous leur aviez promis un logement sûr à Winchester pour la durée du procès. »

Il secoua la tête.

« Ils n'y sont plus. Personne ne les a vus depuis qu'on les a reconduits là-bas, à la fin des débats d'hier.

– Vous n'aviez pas laissé quelqu'un avec eux ?

– Ce n'était pas nécessaire, Mrs Lavenham. Ils disposaient d'une ligne reliée directement au commissariat, et nous leur envoyions des patrouilles tout au long de la nuit. Nous redoutions une menace venant de l'extérieur et non pas que les O'Riordan décident de retourner à Kilkenny Cottage sans nous avertir. » Il se frotta la joue. « Il y a des traces récentes de pneus près du manoir. Nous pensons que Liam a garé sa Ford là pour faire passer le fauteuil de Bridey à travers la pelouse jusqu'à la petite porte donnant accès à Kilkenny Cottage. »

Elle secoua la tête, perplexe. « Alors pourquoi n'a-t-on pas retrouvé trois corps ?

– Parce que la voiture n'y est plus, Mrs Lavenham, et que la personne qui est morte à Kilkenny Cottage a probablement été tuée par Liam O'Riordan »...

* *
*

Mercredi 10 février 1999

Elle s'était levée à la fin de l'entretien avec l'inspecteur. « Savez-vous ce que je déteste le plus chez les Anglais ? »

Il fit signe que non.

« Il ne leur viendrait jamais à l'esprit qu'ils puissent se tromper. » Elle posa une main sur la lettre anonyme. « Mais vous vous trompez au sujet de ceci. Bridey se soucie de mon opinion – de moi – et pas simplement en tant que compatriote, mais aussi comme employeur de sa nièce. Jamais elle ne prendrait le risque de compromettre la position de Rosheen chez nous, parce que nous sommes ses seuls appuis à Sowerbridge, Rosheen et moi. Nous lui faisons ses courses, nous la protégeons du mieux possible, notre porte lui est ouverte quand quelque chose ne va pas. En aucun cas, Bridey ne se servirait de moi pour communiquer un document falsifié, car elle a bien trop peur que je ne me lave les mains de ses problèmes et que je persuade Rosheen d'en faire autant.

– C'est bien possible, Mrs Lavenham, mais ce n'est pas un argument que vous pourriez utiliser devant un tribunal.

– Peu m'importent les arguments juridiques, inspecteur, je veux seulement vous convaincre qu'une campagne de terreur a été montée contre les O'Riordan à Sowerbridge et que leur vie est en danger. » Elle le vit prendre un air dubitatif. « Vous n'avez pas écouté un traître mot de ce que je vous ai dit, n'est-ce pas ? Vous croyez que je défends Bridey parce que je suis irlandaise.

– Ce n'est pas vrai ?

– Non. » Elle se redressa avec un soupir. « Le soutien moral est une notion totalement étrangère à la culture irlandaise, inspecteur. Notre seul vrai plaisir, c'est de nous tirer dans les pattes mutuellement. Je pensais que tout Anglais savait au moins cela... »

* *
*

Mardi 9 mars 1999

La nouvelle que le procès de Patrick O'Riordan avait été ajourné le temps que la police enquête sur la disparition de ses parents et de sa cousine fut diffusée par les différentes radios à midi, mais Siobhan éteignit le poste avant que ses deux jeunes garçons aient pu entendre les noms. Ils avaient passé la matinée à observer, les yeux écarquillés, le défilé de policiers qui entraient et sortaient de la chambre de Rosheen à la recherche du moindre indice susceptible de fournir une piste quant à l'endroit où elle était allée. De manière encore plus poignante, pour Siobhan du moins, ils avaient soigneusement récupéré la brosse à cheveux de la jeune fille, des Kleenex usagés qui traînaient dans sa corbeille ainsi qu'une petite pile de linge sale afin que le médecin légiste puisse disposer d'éléments comparatifs pour les analyses d'ADN.

Elle avait expliqué aux garçons que Rosheen n'était pas à la maison lorsqu'elle était rentrée la veille au soir et que, inquiète, elle avait demandé l'aide de la police pour la retrouver.

« Elle est allée chez tante Bridey, murmura James, âgé de six ans.

– Comment le sais-tu, mon chéri ?

– Oncle Liam a téléphoné parce que tante Bridey ne se sentait pas bien.

– C'est Rosheen qui t'a dit ça ? »

Il hocha la tête. « Même qu'elle a ajouté qu'elle n'en avait pas pour longtemps et qu'il fallait que je me couche. C'est ce que j'ai fait. »

Elle lui planta un baiser sur le sommet du crâne. « Tu es un bon garçon. »

Oliver et lui dessinaient sur la table de la cuisine, quand James se mit soudain à crayonner la page dans tous les sens pour effacer ce qu'il venait de faire. « C'est parce que oncle Patrick a tué cette femme ?» lui demanda-t-il.

Siobhan le scruta un instant. *La consigne était pourtant très claire... Quoi que vous fassiez, Rosheen, je vous en prie, ne racontez surtout pas aux enfants ce dont Patrick est accusé...* « J'ignorais que tu étais au courant, répondit-elle d'un ton léger.

– Tout le monde le sait, continua-t-il gravement. Oncle Patrick est un monstre qui mériterait d'être pendu.

– Seigneur ! s'exclama-t-elle en se forçant à sourire. Qui t'a dit ça ?

– Kevin. »

La colère lui serra la poitrine. *Ian n'y était pas allé par quatre chemins après l'épisode de la grange... Vous pouvez voir Kevin pendant votre temps libre, Rosheen, mais pas quand vous avez la garde des enfants...* « Kevin Wyllie ? L'ami de Rosheen ? » Elle s'accroupit et écarta une mèche qui lui tombait sur le front. « Est-ce qu'il vient souvent ici ?

– Rosheen nous a défendu d'en parler.

– Elle ne voulait sûrement pas dire que vous ne deviez pas m'en parler à moi, mon chéri. »

James lui entoura le cou de ses petits bras et pressa sa joue contre la sienne. « Sûrement que si, maman. Elle a dit que Kevin lui arracherait la tête si jamais nous vous racontions quoi que ce soit à papa ou à toi. »

* *
*

Mardi 9 mars 1999, un peu plus tard

« Je n'arrive pas à croire que j'aie pu laisser faire une chose pareille ! dit-elle à l'inspecteur en arpentant le salon d'un pas fébrile. J'aurais dû écouter Ian. Dès qu'il l'a vu, il a pensé que Kevin n'était qu'un vaurien.

– Calmez-vous, Mrs Lavenham, répondit-il à voix basse. Vos enfants peuvent sûrement nous entendre.

– Mais pourquoi Rosheen ne m'a-t-elle pas informée que Kevin la menaçait ? Elle aurait dû savoir qu'elle pouvait me faire confiance. Je n'ai pas cessé de me mettre en quatre pour les aider, elle et sa famille !

– C'est peut-être ça le problème, suggéra-t-il. Elle n'a pas voulu ajouter de nouveaux fardeaux à ceux qui pesaient déjà sur vos épaules.

– Mais elle était responsable de mes enfants, bonté divine ! Je ne peux pas croire qu'elle ait gardé le silence alors qu'une espèce de brute primitive la terrorisait. »

L'inspecteur la regarda un instant en se demandant s'il devait lui en dire plus. « Kevin Wyllie a disparu lui aussi, déclara-t-il brusquement. Nous sommes en train de faire des prélèvements d'ADN dans sa chambre, parce que nous pensons que le corps à Kilkenny Cottage est le sien. »

Siobhan le regarda, abasourdie. « Je ne comprends pas. »

Il eut un rire forcé. « S'il y a bien une chose dont le médecin légiste soit sûr, Mrs Lavenham, c'est que la victime se tenait debout quand elle est morte.

– Je ne comprends toujours pas. »

Il passa la langue sur ses lèvres sèches, et Siobhan trouva qu'il n'avait pas l'air dans son assiette. « Notre idée, c'est que Liam, Bridey et Rosheen se sont institués juges et bourreaux avant de mettre le feu à Kilkenny Cottage pour supprimer les indices. »

The Daily Telegraph
Mercredi 10 mars 1999

Arrestation d'un couple irlandais

Deux personnes, que l'on pense être les parents de Patrick O'Riordan, dont le procès au palais de justice de Winchester a été suspendu voilà deux jours, ont été arrêtées hier sur la présomption de meurtre, alors qu'elles s'apprêtaient à prendre un bateau pour l'Irlande. On ignore toujours où se trouve leur nièce, dont la famille vit dans le comté de Donegal. Les autorités du Hampshire reconnaissent avoir bénéficié dans leurs recherches de l'assistance de la police irlandaise. Il semble que le corps découvert à Kilkenny Cottage soit celui d'un habitant de Sowerbridge, Kevin Wyllie, 28 ans, bien que la police se refuse à confirmer cette hypothèse.

Jeudi 11 mars 1999, 4 heures

Des heures durant, Siobhan était restée dans son lit, écoutant le réveil sur la table de nuit égrener les secondes. Elle avait entendu Ian rentrer à deux heures du matin et gagner à pas feutrés la chambre d'amis, mais elle n'avait pas appelé pour lui dire qu'elle était réveillée. Elle aurait bien le temps de s'excuser le lendemain. De s'excuser pour l'avoir fait revenir en pleine nuit... Pour avoir refusé d'être séparée des enfants... Pour avoir dit qu'elle se moquait pas mal de ce qui pouvait arriver aux Intérieurs Lavenham... Pour s'être trompée sur toute la ligne... Pour avoir imputé aux Anglais les fautes des Irlandais...

Le chagrin l'étreignait chaque fois qu'elle songeait à Rosheen. Mais c'était un chagrin compliqué, où honte et culpabilité se mêlaient en proportions égales, car il lui était impossible de ne pas se sentir responsable des actes de la jeune fille. « Je croyais qu'elle s'était entichée de Kevin, expliqua-t-elle l'après-midi à l'inspecteur. Ian ne comprenait pas les raisons d'une telle tocade, moi si.

– Pourquoi ? demanda-t-il avec une pointe d'ironie. Parce qu'ils allaient bien ensemble ?

Parce que Kevin appartenait à la même classe sociale ?

– Ce n'était pas une question de classe sociale, protesta-t-elle.

– Vraiment ? En un sens, vous êtes encore plus snob que les Anglais, Mrs Lavenham. Vous auriez voulu forcer Rosheen à accepter les liens qui l'unissaient à Liam et à Bridey parce que vous-même acceptiez d'en avoir avec eux, déclara-t-il brutalement. Mais vous auriez bien dû penser qu'une jeune fille aussi brillante qu'elle avait de plus hautes ambitions que d'être connue comme la nièce de gitans irlandais.

– Alors pourquoi s'être embarrassée de Kevin ? Peut-être n'était-il pas si mal que cela ? »

L'inspecteur haussa les épaules. « Elle n'avait guère le choix. Combien d'hommes libres y a-t-il à Sowerbridge ? Et elle devait absolument vous faire croire qu'elle était avec quelqu'un, Mrs Lavenham, sans quoi vous vous seriez mise à poser des questions embarrassantes. Malgré tout » – il marqua une pause – « je doute que le pauvre garçon ait soupçonné un seul instant à quel point elle le méprisait.

– Ni personne d'autre, dit Siobhan d'un ton amer. Après l'incident de la grange, tout le monde pensait qu'elle était folle de lui.

– Elle avait préparé son plan de longue date, ajouta-t-il lentement, et elle a joué son rôle à merveille. Vous étiez persuadée qu'elle avait de l'affection pour son oncle et sa tante.

– Je croyais ce qu'elle me disait. »

Il eut un léger sourire. « Et vous étiez déterminée à ce que les autres le croient également. »

Siobhan lui lança un regard accablé. « Mon Dieu ! Est-ce que c'est ma faute pour autant ?

– Non, murmura-t-il. La mienne. Je ne vous ai pas prise au sérieux quand vous m'avez dit que les Irlandais n'aimaient rien tant que de se tirer dans les pattes. »

* *
*

Jeudi 11 mars 1999, 15 heures

Cynthia Haversley entrebâilla la porte d'entrée. « Ah, c'est vous ! s'exclama-t-elle avec une chaleur surprenante. Je pensais que c'était encore un de ces affreux journalistes. »

Tiens, tiens ! Comme les choses changent vite, songea avec une pointe d'ironie Siobhan en pénétrant à l'intérieur. Peu auparavant, Cynthia avait invité ces mêmes affreux journalistes à prendre le thé à Malvern House pour les régaler du récit des iniquités des O'Riordan. Siobhan adressa un signe de tête à Peter qui se tenait sur le seuil du salon. « Comment allez-vous ? » Cela faisait trois jours qu'elle ne les avait pas vus, et elle fut surprise en constatant combien les Haversley paraissaient vieillis. Peter, en particulier, avait le teint blême et le visage émacié, d'où elle conclut qu'il avait dû tâter de la bouteille plus que de coutume.

Il fit osciller sa main. « Pas très bien. Plutôt honteux de la manière dont nous nous sommes conduits, pour être franc. »

Cynthia faillit dire quelque chose, mais se ravisa. « Où sont les garçons ? demanda-t-elle à la place.

– Nora s'occupe d'eux.

– Vous auriez dû les emmener avec vous. Cela ne m'aurait pas dérangée. »

Siobhan secoua la tête. « Je ne tenais pas à ce qu'ils entendent ce que j'ai à vous dire, Cynthia. »

La femme se raidit aussitôt. « Vous ne pouvez tout de même pas nous reprocher…

– Assez ! intervint Peter, lui coupant la parole et faisant un pas de côté. Venez au salon, Siobhan. Comment se porte Ian ? Nous avons vu qu'il était rentré. »

Elle marcha jusqu'à la fenêtre d'où elle pouvait apercevoir les ruines de Kilkenny Cottage. « Fatigué, répondit-elle. Il est arrivé tard hier soir, et il a dû repartir très tôt ce matin au bureau. Nous avons trois contrats en cours, mais ils partent en botte parce que aucun de nous n'a le temps de s'en occuper.

– Cela ne doit pas être facile.

– Non, répondit-elle lentement. Ian était censé rester en Italie jusqu'à vendredi, mais vu la situation… » Elle marqua une pause. « Malheureusement, il est impossible d'être à deux endroits à la fois. » Elle se tourna vers eux. « Et je ne peux pas laisser les enfants.

– J'en suis navré », dit Peter.

Elle eut un petit rire. « Ce n'est pas nécessaire. Il se trouve que je les aime beaucoup, ce n'est donc pas une corvée de rester à la maison. J'aurais seulement préféré que cela se produise dans d'autres circonstances. » Elle croisa les bras et examina Cynthia avec curiosité. « James m'a raconté une histoire intéressante, hier. Je suppose qu'elle est vraie, car il n'a pas l'habitude de mentir, mais j'aimerais m'en assurer auprès de vous. Avec tout ce qui se passe, je n'arrive plus à me fier à qui que ce soit. Est-il exact que vous soyez venue un jour à la ferme et que vous ayez trouvé James et Oliver tout seuls ?

– J'avais vu Rosheen partir, et je savais qu'il n'y avait personne pour les garder, car... euh... j'avais surveillé le chemin ce matin-là. » Elle gonfla la poitrine comme pour repousser une attaque. « Je vous avais bien dit qu'elle était sournoise et paresseuse, mais vous n'avez pas voulu m'écouter.

– Parce que vous ne m'avez jamais expliqué pourquoi, répondit Siobhan avec modération.

– Je croyais que vous étiez au courant et que cela ne vous dérangeait pas. Ian n'a jamais caché qu'il avait été très en colère quand il était rentré un soir et qu'il avait découvert Kevin dans la grange, mais vous avez prétendu qu'il avait dramatisé les choses. » Elle se demanda s'il était judicieux de s'exprimer sans détour, décida que c'était indispensable et avala une goulée d'air. « À la vérité, Siobhan, cela a même eu l'air de vous amuser. Je n'ai pas compris pourquoi. Pour ma part, je l'aurais chassée sur-le-champ et j'aurais cherché quelqu'un de plus convenable. »

Siobhan secoua la tête. « Je pensais que c'était exceptionnel. Je ne me rendais pas compte qu'elle en avait fait une habitude.

– Elle a trop chaud aux fesses pour ça, ma chère. Je n'ai jamais vu de créature aussi effrontée. La plupart du temps, elle confiait vos enfants à Bridey, ce qui lui permettait de passer quelques heures avec Kevin Wyllie. Dieu sait combien de fois je l'ai vue entrer discrètement à Kilkenny Cottage pour ressortir sans eux cinq minutes plus tard. Après quoi, elle avait le toupet de filer à bord de votre Range Rover avec cet énergumène à côté d'elle. Effectivement, je me demandais si vous saviez à quoi servait votre voiture.

– Vous auriez dû me prévenir. »

Cynthia secoua la tête. « Vous ne m'auriez pas écoutée.

– À la vérité, Cynthia a essayé à plusieurs reprises d'aborder le sujet, intervint Peter d'une voix douce, et invariablement vous lui tiriez dessus à boulets rouges. C'est tout juste si vous ne l'accusiez pas de faire du sectarisme anti-irlandais.

– Je n'avais pas vraiment le choix, répondit Siobhan sans hostilité. Si seulement vous aviez pu dissocier Rosheen de Liam, Bridey et Patrick. Mais, à chaque discussion concernant ma gouvernante, vous commenciez par une diatribe contre ses parents. »

Il y eut un instant de malaise.

Siobhan poussa un soupir. « Par-dessus tout, ce que je ne comprends pas, c'est que vous ayez pu croire que j'étais le genre de mère à se moquer du bien-être de ses enfants. »

Cynthia parut embarrassée. « Ma foi, je n'ai jamais pensé une chose pareille. Je me disais seulement que vous étiez… enfin… plus décontractée que la moyenne.

– Parce que je suis irlandaise et pas anglaise ?

– Allons, allons, dit Peter d'un air ennuyé. Ce n'est pas ce qu'elle voulait dire. Enfin, Siobhan, nous ne savions pas quelles étaient les instructions de Rosheen. À vrai dire, nous pensions que vous l'encouragiez à recourir aux services de Bridey afin de donner à la malheureuse l'impression d'être utile. Nous n'approuvions guère votre stratégie… en fait, cela nous semblait une idée folle… » – il s'interrompit, l'air coupable. « Cynthia ne cessait de répéter que jamais vous n'auriez accepté de confier deux enfants remuants à une infirme et à un ivrogne, mais nous pensions que c'était une manière de montrer votre solidarité avec eux. "Si j'ai assez confiance dans les

O'Riordan pour leur laisser mes enfants, il n'y a aucune raison que vous autres..." ce genre de chose.»

Siobhan se tourna vers la fenêtre et l'amas noirâtre qui avait été naguère Kilkenny Cottage. *Parce qu'il manquait un clou, le fer fut perdu... Parce qu'il manquait un fer, le cheval fut perdu... Parce qu'il manquait une compréhension mutuelle, des vies furent perdues...* «Si seulement vous m'aviez avertie au moment où vous êtes allée à la ferme et où vous avez trouvé James et Oliver sans personne, murmura-t-elle, son haleine couvrant la vitre d'un voile de buée.

– Mais je l'ai fait ! protesta Cynthia.

– Quand ça ?

– Le lendemain. Je vous ai arrêtés, Ian et vous, à l'extrémité du chemin alors que vous partiez travailler et je vous ai déclaré que vos enfants étaient beaucoup trop jeunes pour rester seuls. Votre attitude a été, je dois dire, extrêmement désinvolte, mais... eh bien» – elle eut un haussement d'épaules – «je n'en attendais pas moins.»

Siobhan se souvenait très bien de l'incident. Cynthia se tenait au milieu du chemin, leur barrant le passage, et elle avait passé sa figure rouge d'indignation par la vitre ouverte pour les sermonner, affirmant qu'il était insensé de leur part d'employer une fille sans aucune moralité. « Nous avons cru tous les deux que vous parliez du soir où elle avait emmené Kevin dans la grange. Ian a même dit ensuite qu'il regrettait d'en avoir fait état parce que cela vous avait donné des verges pour nous fouetter.»

Cynthia fronça les sourcils. « James et Oliver ne vous ont donc rien raconté ? J'ai attendu deux bonnes heures avec eux, et j'ai dit à Rosheen ma façon de penser quand elle a fini par rentrer.

– Ils avaient bien trop peur. Kevin leur avait savonné les oreilles pour vous avoir ouvert et leur avait recommandé, au cas où je demanderais si Mrs Haversley était venue, de répondre que non. »

Cynthia se laissa tomber dans un fauteuil. « Je n'en avais pas la moindre idée, dit-elle d'un ton consterné. Pas étonnant que vous ayez pris les choses avec autant de calme.

– Mmm. » Le regard de Siobhan passa de la femme assise à son mari. « Il semble qu'il y ait eu un malentendu sur toute la ligne, et je m'en veux à présent. Je ne peux pas m'empêcher de me dire que si je n'avais pas été aussi prompte à vous condamner les uns et les autres, personne ne serait mort. »

Peter secoua la tête. « Nous éprouvons tous la même chose. Y compris Sam et Nora Bentley. Ils pensent que s'ils vous avaient soutenue dans votre appréciation de Liam et de Bridey au lieu de jouer les Ponce Pilate... » Il se tut avec un soupir. « Je ne comprends pas comment nous avons pu laisser la situation en arriver à ce point. Nous ne sommes pourtant pas des gens méchants. Quelque peu irréfléchis peut-être... avec trop de préjugés... mais pas méchants. »

Siobhan songea à Jeremy Jardine, se demandant si Peter incluait le petit-fils de Lavinia dans son absolution générale.

[illegible] nous continuons ; les uns et les autres, personne ne devait mourir. »

Peter secoua la tête : « Non, éprouvons plus de [illegible] choses. [illegible] et Nora Paddey [illegible] pensent que s'ils voyagent seulement dans votre appréciation de [illegible] et de [illegible] le jour [illegible], il se [illegible] ne comprend pas complet [illegible] la situation en [illegible] point [illegible] pourtant pas des gens méchants. Quelque peu [illegible] dans leur [illegible] avec trop de [illegible], mais pas méchants. »

[illegible] Peter, se demandant [illegible] le petit fils de l'avion dans son [illegible] générale.

SEPT

Vendredi 12 mars 1999, 9 heures

« Voulez-vous une tasse de thé, Bridey ? » demanda l'inspecteur principal en pénétrant dans la salle d'interrogatoire.

Une lueur malicieuse brilla dans les yeux de la vieille femme. « Je préférerais une Guinness. »

Le policier éclata de rire et tira une chaise vers lui. « Comme Liam. Il dit que c'est la première fois qu'il se retrouve au régime sec depuis son dernier séjour en prison, voilà près de vingt ans. » Il la dévisagea un instant. « Des regrets ?

– Un seul. Celui de ne pas avoir réglé son compte à Mr Jardine par la même occasion.

– Et pour Rosheen ?

– Pourquoi voulez-vous que j'en aie ? questionna-t-elle. J'aurais écrasé une vipère de la même façon. Elle s'est vantée d'avoir estourbi deux vieilles sans défense et d'avoir été assez habile pour faire retomber les soupçons sur Patrick. Et tout cela afin d'épouser un homme riche. J'aurais dû me rendre compte qu'elle était le diable incarné le premier jour où je l'ai vue.

– Comment l'avez-vous tuée ?

– C'était une tête de linotte. Elle pensait que, vu que je suis dans ce fauteuil roulant, elle n'avait rien à craindre de moi, alors que, naturellement, toute ma force réside dans mes bras. C'est de Liam qu'elle avait peur, mais elle aurait dû se souvenir qu'il n'avait pas fait de mal à une mouche depuis quinze ans. » Le sourire aux lèvres, elle libéra le bras du fauteuil et le leva. Les deux pièces métalliques qui le fixaient à l'armature saillaient de chaque côté. « Je n'arrive à me déplacer pour aller au lit ou m'asseoir dans un fauteuil que quand ce machin-là est enlevé, et je m'en sers depuis si longtemps que les bouts en fer sont effilés comme des rasoirs. Peut-être que je ne l'aurais pas abattu sur son vilain crâne si elle ne s'était pas amusée à nous traiter de crétins d'Irlandais. Ou peut-être bien que si. Sûr que j'étais assez en colère pour ça !

– Pourquoi n'étiez-vous pas également en colère contre Kevin ? s'enquit l'inspecteur avec curiosité. D'après lui, s'il se trouvait sur les lieux ce soir-là, c'est uniquement parce qu'on l'avait payé pour mettre le feu à votre maison. Pourquoi ne pas l'avoir tué, lui aussi ? Il n'a pas hésité à avouer que ses amis et lui vous avaient persécutés pendant des mois. »

Bridey laissa échapper un ricanement. « Vous croyez que nous ne le savions pas ? Pourquoi serions-nous retournés en cachette à Kilkenny Cottage, si ce n'était pas pour les prendre la main dans le sac, ses petits copains et lui, et vous ouvrir les yeux à vous autres sur ce qu'ils nous ont fait subir pendant tous ces mois ? Comme dit Liam, il faut combattre le feu par le feu. Ça ne veut pas dire que nous voulions les tuer... juste leur flanquer la frousse.

– Mais seul Kevin s'est pointé. »

Elle acquiesça. « Quel radin celui-là ! Pourquoi aurait-il partagé tout ce bon argent avec ses camarades alors qu'une simple allumette suffisait ? Il est arrivé à pas feutrés en tenant son bidon d'essence, et je n'avais jamais vu un type aussi effrayé quand Liam lui a passé le nœud coulant autour du cou et m'a crié d'allumer la lumière. Nous avions attaché la corde à une poutre, et il s'est trouvé pris comme un moucheron dans une toile d'araignée. Est-ce qu'on vous a dit qu'il avait mouillé son pantalon ?

– Non.

– Eh bien, c'est vrai. Il a pissé partout de terreur.

– Il porte une marque rouge de plusieurs centimètres sur le cou, Bridey. Liam a dû sacrément serrer le nœud coulant, et Kevin a cru que vous alliez le pendre.

– Liam n'a pas la force de serrer quoi que ce soit, répondit-elle d'un ton prosaïque en replaçant le bras du fauteuil dans les rainures. Plus maintenant.

– C'est ce que vous n'arrêtez pas de répéter, murmura l'inspecteur.

– Kevin vous racontera, je suppose, qu'il a glissé et qu'il se l'est faite lui-même. Il avait tellement peur qu'il ne tenait pas sur ses jambes, mais au moins on pouvait être sûr qu'il disait la vérité. Il aurait pu désigner n'importe qui... Mrs Haversley... Mr Jardine... Au lieu de ça il nous a dit que c'était notre nièce qui lui avait promis cent livres pour brûler Kilkenny Cottage afin que nous débarrassions le plancher une fois pour toutes.

– A-t-il dit aussi que c'était elle qui avait orchestré la campagne contre vous ?

– Oh oui, murmura-t-elle, le regard fixé au loin tandis qu'elle repassait la scène dans sa tête. "Elle vous traite de sales crapules d'Irlandais, qu'il a dit comme ça, et elle vous déteste à cause de vos manières grossières et de votre pauvreté. Elle veut que vous déguerpissiez de Sowerbridge parce que jamais les gens ne la traiteront avec respect tant que vous ne serez pas partis." » Un sourire flotta sur ses lèvres. « Alors je lui ai répondu que je la comprenais, que ce n'était pas facile d'avoir un cousin arrêté pour meurtre et un oncle et une tante qu'on traite comme des pestiférés » – elle s'arrêta pour regarder ses mains – « et il a dit que l'arrestation de Patrick n'avait rien à voir là-dedans.

– A-t-il expliqué ce qu'il entendait par là ?

– Qu'elle désirait se débarrasser de nous depuis le jour où elle nous avait rencontrés. » Elle secoua la tête. « Même que je me demande ce que nous avons bien pu faire pour qu'elle pense autant de mal de nous.

– Vous avez menti à votre famille, Bridey. Nous avons parlé au frère de Rosheen. À l'en croire, sa mère lui avait fourré dans le crâne tout un tas de sornettes, que vous étiez riches, Liam et vous, que vous aviez revendu votre affaire de Londres pour vous retirer dans une somptueuse villa située dans un magnifique coin de l'Angleterre. La réalité a dû être une terrible déception pour elle. Toujours d'après son frère, elle a quitté l'Irlande en rêvant de faire la connaissance d'un homme riche et de l'épouser.

– C'était une fille totalement mauvaise, inspecteur, et je n'ai rien à me reprocher. J'ai été franche avec elle dès le début. "Nous sommes tels que tu nous vois, que je lui ai dit, car Dieu a jugé nécessaire de nous punir pour les mauvaises actions de Liam et de Patrick, mais tu n'auras pas à en souffrir car personne ne le sait. Nous ne sommes peut-être pas aussi riches que tu l'espérais, mais nous avons bon cœur, et il y aura toujours une place pour toi dans cette maison si jamais les choses ne marchaient pas avec Mrs Lavenham."

– Aujourd'hui, Mrs Lavenham pense que tout est sa faute. Elle prétend que si elle avait passé moins de temps au bureau et plus de temps avec Rosheen et les enfants, personne ne serait mort. »

Le front de Bridey se plissa en une expression de chagrin. « C'est toujours comme ça quand les gens abandonnent leur religion. Sans Dieu dans leur vie, ils ne tardent pas à en oublier le malin. Cependant, pour vous et moi, inspecteur, le malin existe au fond du corrompu. Mrs Lavenham devrait se souvenir que c'est Rosheen qui a trahi cette famille... Rosheen et personne d'autre.

– Parce que vous lui en avez donné les moyens en lui parlant de la condamnation de Patrick. »

Les lèvres de la vieille femme formèrent une ligne mince. « Et elle s'en est servie contre lui. Pensez-vous que je ne me suis jamais demandé pourquoi ces malheureuses avaient été tuées avec le marteau de Patrick ? Et, sachant mon garçon innocent, que je n'aie pas mis les choses bout à bout en me disant qu'il n'y a pas de hasard ?

– Elle était futée, dit l'inspecteur. Elle a réussi à faire croire à tout le monde qu'elle ne s'intéressait qu'à Kevin Wyllie, et Kevin Wyllie n'avait pas la moindre raison de tuer Mrs Fanshaw.

– À présent, je ne peux pas m'empêcher de plaindre ce pauvre nigaud, dit Bridey avec un petit rire, bien qu'il nous ait terrorisés pendant des mois. Rosheen n'a pas tardé à se montrer sous son vrai jour quand elle est arrivée à la suite du coup de téléphone de Liam et qu'elle a découvert Kevin ficelé comme un poulet par terre. C'est alors que j'ai aperçu de la ruse dans ses yeux et que j'ai compris pour la première fois quelle intrigante elle était. Elle a prétendu que Kevin mentait, mais comme ça ne prenait pas, elle s'est emparée du bidon d'essence sur la table. "Je vais t'envoyer rôtir en enfer, espèce de salaud abruti et incapable ! qu'elle lui a balancé. Tu as rempli ton rôle en faisant croire à tout le monde que j'en pinçais pour toi, alors que tu n'es qu'un pauvre minable que je n'aurais même pas pris la peine de regarder une seconde fois si je n'y avais pas été forcée !" Puis elle s'est avancée vers moi en dévissant la capsule du bidon d'essence et en a renversé sur ma jupe. Sûre de son coup qu'elle était avec son briquet à la main quand elle a dit à Liam qu'elle me mettrait le feu s'il tentait de l'empêcher de téléphoner à son tourtereau, Mr Jardine. » Le visage de Bridey se durcit à ce souvenir. « Elle n'arrêtait pas de jacasser, bien entendu. C'est probablement une manie chez les gens qui se croient plus malins que les autres. Elle a raconté un tas de trucs, combien nous avions été naïfs... quel plaisir elle avait eu à tabasser les deux vieilles... que Jeremy était fou d'elle... que cela avait été un jeu d'enfant de rejeter les soupçons sur cet imbécile de Patrick... Et comme Mr Jardine ne répondait toujours pas, vu qu'il était caché dans sa cave, elle a approché le briquet de ma jupe en disant que nous allions griller de toute manière. On accusera Kevin, qu'elle a expliqué, tout mort qu'il soit. La moitié du village sait qu'il a été envoyé pour faire le boulot.

– Et c'est à ce moment-là que vous l'avez frappée ? »

Bridey hocha la tête. « Je n'allais tout de même pas attendre que l'essence s'enflamme !

– Et Kevin a assisté à tout cela ?

– Évidemment, et c'est ce qu'il dira à mon procès si vous décidez d'engager des poursuites contre moi. »

L'inspecteur eut un léger sourire. « Qui a mis le feu à la maison, Bridey ?

– Sûr et certain que c'est Rosheen. L'essence s'est répandue sur le sol quand elle est tombée et le briquet s'est allumé quand sa main a heurté le carrelage. » De l'amusement passa sur son visage ridé tandis qu'elle le regardait. « Demandez à Kevin si vous ne me croyez pas.

– C'est déjà fait. Il confirme vos déclarations. Le seul problème, c'est qu'il se met à transpirer à grosses gouttes chaque fois qu'on lui pose la question.

– Et après ? Cela a été une terrible épreuve pour nous tous.

– Alors pourquoi n'avez-vous pas pris feu, Bridey ? Vous dites que votre jupe était imbibée d'essence.

– Ma foi, il faut croire que ce n'était pas la volonté du Seigneur. » Elle fit le signe de croix. « Naturellement, le fait que Kevin ait réussi à se libérer et à me pousser vers la porte pendant que Liam étouffait les flammes avec son manteau y est peut-être pour quelque chose. Mais en ce qui me concerne, je croirais plutôt à un miracle.

– Vous mentez comme un arracheur de dents, Bridey. Nous pensons que Liam a mis le feu à dessein dans le but de dissimuler quelque chose. »

La vieille femme gloussa. « Pourquoi pensez-vous cela, inspecteur ? Quel acte auraient bien pu commettre deux pauvres infirmes pour qu'ils veuillent le cacher à la police ? » Ses yeux se rétrécirent. « Même si une sorcière a essayé de leur voler leur fils ? »

Vendredi 12 mars 1999, 14 heures

« Avez-vous éclairci le mystère ? » demanda Siobhan à l'inspecteur.

Il haussa les épaules. « Selon nous, Kevin a été forcé d'assister à une immolation par le feu, et il a peur de l'avouer parce que c'est lui qui avait apporté l'essence. Le médecin légiste prétend qu'il y a de bonnes raisons de penser que Rosheen a été ligotée à un poteau, puis qu'elle s'est transformée en torche vivante. » Il vit l'expression incrédule de Siobhan. « Bridey l'a traitée de sorcière », lui rappela-t-il.

Siobhan secoua la tête. « Et à votre avis, c'est la preuve que voulait détruire Liam ?

– Oui. »

Contre toute attente, elle se mit à rire. « Je croyais que l'usage des bûchers avait disparu avec le Moyen Âge. Allez-vous les inculper ? La presse vous bénirait pour un tel cadeau. Je vois d'ici les manchettes des journaux le jour où l'affaire arriverait en jugement.

– Non, dit-il sans la quitter des yeux. Kevin ne démord pas de la petite histoire que lui ont fait répéter Liam et Bridey, et, sauf si elles étaient confirmées, les hypothèses du médecin légiste ont l'air trop farfelues pour avoir le moindre poids auprès d'une cour. Force nous est d'accepter la thèse de la légitime défense et de l'incendie accidentel.» Il inclina la tête. «À moins que vous ne disposiez d'autres éléments, Mrs Lavenham ?»

Le visage de Siobhan était indéchiffrable. «Tout ce que je sais, dit-elle, c'est qu'il aurait été aussi impossible à Bridey d'attacher sa nièce à un poteau que de se lever de son fauteuil roulant et de se mettre à marcher. Mais ne vous fiez pas à mon opinion, inspecteur. Je me suis trompée sur à peu près tout le reste.

– Hum. Eh bien, vous avez raison. Leur défense par rapport au meurtre repose entièrement sur leurs infirmités.»

Siobhan parut se désintéresser de la question, et elle sombra dans un silence songeur que l'inspecteur se refusa à rompre.

«Est-ce Rosheen qui vous a dit que Patrick avait volé les bijoux de Lavinia ? demanda-t-elle soudain.

– Pourquoi voulez-vous le savoir ?

– Parce que je n'ai jamais compris ce qui vous avait brusquement poussé à concentrer vos efforts sur lui.

– Nous avons trouvé ses empreintes dans le manoir.

– De même que les miennes et celles de la majeure partie de la population de Sowerbridge.

– Mais les vôtres ne sont pas fichées, Mrs Lavenham, et vous n'avez pas de casier judiciaire.

– Ni Patrick non plus, pas s'il est resté quinze ans sans commettre de délit. Les Anglais ont un sens aigu de la justice, ce qui signifie que son ardoise aurait dû être effacée au bout de sept ans. Quelqu'un » – elle le dévisagea avec curiosité – « a sûrement dû le désigner. Je n'ai jamais pu savoir qui, mais peut-être était-ce vous ? Avez-vous fondé vos accusations sur les renseignements spéciaux que vous aviez réunis à Londres il y a de cela quinze ans ? Parce que, dans ce cas, vous êtes un beau salaud ! »

Il fut trop piqué au vif pour ne pas se défendre. « Il s'était vanté auprès de Rosheen d'avoir roulé une vieillarde sénile, et il lui a montré les bijoux de Mrs Fanshaw en guise de preuve. Elle a raconté qu'il était tout fier de lui, qu'il prétendait que les deux femmes étaient tellement gâteuses qu'elles l'avaient laissé aller et venir à sa guise dans la maison sous prétexte de menus travaux d'entretien. Elle n'a pas dit qu'il les avait tuées – elle était trop maligne pour ça –, mais quand nous avons questionné Patrick et qu'il a nié avoir jamais mis les pieds au manoir et être au courant des bijoux volés, nous avons décidé de fouiller Kilkenny Cottage et découvert le pot aux roses.

– Ce que désirait précisément Rosheen.

– Nous le savons à présent, Mrs Lavenham, mais si Patrick avait joué franc jeu dès le départ, les choses auraient peut-être été différentes. Malheureusement, ce n'est pas ce qu'il a fait. Le hic, c'est qu'il avait les bagues de la vieille femme en sa possession en plus des bijoux de pacotille que lui avait donnés Miss Jenkins. Il savait fort bien qu'on ne lui avait remis que de la verroterie sans la moindre valeur, aussi s'est-il précipité au premier étage dès que Miss Jenkins a eu le dos tourné afin de se dénicher quelque chose de plus substantiel. Il prétend que Mrs Fanshaw dormait, de sorte qu'il n'a eu qu'à lui enlever les bagues et à repartir sur la pointe des pieds.

– Bridey et Rosheen savaient-elles qu'il les avait prises ?

– Oui, mais il leur a raconté qu'il s'agissait de simples imitations qui se trouvaient dans la boîte à bijoux avec le reste. Rosheen savait, bien entendu, qu'il n'en était rien – Jardine et elle connaissaient suffisamment la psychologie de Patrick pour se douter qu'il volerait un objet de valeur en voyant qu'on refusait de le payer – mais Bridey l'a cru. »

Elle hocha la tête. « Est-ce que Jeremy a avoué son rôle dans l'histoire ?

– Pas encore, répondit sèchement l'inspecteur. Mais il y viendra. C'est un type sans scrupule. Il a reconnu en Rosheen une âme sœur, l'a séduite par des promesses de mariage et l'a ensuite persuadée de tuer sa grand-mère et la garde-malade pour lui permettre d'hériter. Rosheen n'a pas eu besoin d'alibi – jamais elle n'a été interrogée sur son emploi du temps ce soir-là parce que vous étiez tous persuadés qu'elle se trouvait avec Kevin.

– Sur le principe que s'envoyer en l'air avec Kevin constituait son passe-temps favori, admit Siobhan. Elle n'était vraiment pas bête, vous savez. Personne ne soupçonnait sa liaison avec Jeremy. Cynthia Haversley pensait que ce n'était qu'une petite traînée. Ian que Kevin abusait d'elle. Et moi qu'elle se donnait du bon temps.

– Ce qui était exact. Elle se voyait déjà la dame du manoir une fois que Patrick aurait été condamné et que Jardine aurait hérité de la baraque. Apparemment, sa seule ambition dans la vie était d'en mettre plein la vue à Liam et à Bridey. Si cela vous intéresse, Mrs Haversley se montre à son égard d'une étrange mansuétude. » Il haussa un sourcil ironique. « Elle affirme qu'il a été sûrement très facile à un pervers comme Jardine de rouler dans la farine une pauvre fille de la campagne à l'esprit fruste, dans la mesure où il n'a eu aucun mal à faire croire tout ce qu'il voulait à des personnes beaucoup plus raffinées » – il traça des guillemets dans l'air – « tels Mr Haversley et elle-même. »

Siobhan se mit à sourire. « Curieusement, je commence à l'apprécier. C'est un peu comme manger une pomme de terre rôtie cramée. L'extérieur est rebutant, mais l'intérieur est délicieux et plutôt tendre. » Elle dirigea son regard vers la fenêtre, à la recherche de quelque horizon lointain. « Le plus étrange, c'est que Nora Bentley m'a déclaré lundi que c'était dommage que je n'aie jamais vu le bon côté de Cynthia... et j'ai eu le toupet de lui répondre que je n'en avais aucune envie. Ah, si seulement... » Elle s'interrompit brusquement, craignant de révéler l'étendue de l'angoisse qui la tenait encore au ventre. « Pourquoi Liam et Bridey ont-ils emmené Kevin avec eux ? reprit-elle.

– Selon lui, ils étaient tous complètement affolés. Lui craignait qu'on ne l'accuse d'avoir incendié la maison avec Rosheen dedans s'il restait à la traîne, et eux que la police suppose qu'ils l'avaient fait exprès pour influencer le déroulement du procès de Patrick. Il prétend les avoir quittés en arrivant à Liverpool parce qu'il a un ami là-bas qu'il n'avait pas vu depuis une éternité.

– Et selon vous ?

– Il n'avait probablement pas le choix. Nous pensons que Liam l'a emmené de force et ne l'a laissé partir qu'une fois certain qu'il s'en tiendrait à la version qu'ils avaient concoctée.

– Pourquoi Liam et Bridey voulaient-ils aller en Irlande ?

– D'après eux ou d'après nous ?

– D'après eux.

– Parce qu'ils avaient peur... Parce qu'ils savaient que la vérité n'apparaîtrait pas tout de suite... Parce qu'ils n'avaient nulle part où aller... Parce que tous leurs biens avaient été détruits... Parce que l'Irlande est leur pays natal...

– Et d'après vous ?

– Ils se sont doutés que Kevin se mettrait à table dès qu'il aurait recouvré son sang-froid, aussi ont-ils décidé de filer... »

Elle eut un petit rire. « Vous ne pouvez pas affirmer une chose et son contraire, inspecteur. S'ils l'ont relâché parce qu'ils étaient sûrs qu'il s'en tiendrait à leur version, ils n'avaient pas besoin de s'enfuir. Et s'ils pensaient qu'ils ne pouvaient pas se fier à lui – comme il est vraisemblable s'ils ont commis un crime rituel –, il aurait dû mourir avec Rosheen.

– Alors qu'essaient-ils de cacher ? »

Elle fut surprise qu'il ne l'ait pas deviné.

« Rien, sans doute. C'est seulement que vous avez pris l'habitude de ne pas les croire. »

Il secoua la tête d'un air buté. « Non, je suis sûr qu'il y a quelque chose. Cela fait trop longtemps que je les connais pour ne pas savoir quand ils mentent. »

Il chercherait jusqu'à ce qu'il ait trouvé, pensa-t-elle. C'était plus fort que lui. Et alors, ses horribles soupçons concernant la mort de Rosheen renaîtraient immédiatement. À moins...

« Le problème avec les O'Riordan, dit-elle, c'est qu'ils ne voient pas plus loin que le bout de leur nez. Patrick vient de passer neuf mois en détention préventive parce qu'il avait plus peur d'être accusé de ce qu'il a réellement fait... voler... que de ce qu'il n'a pas fait... perpétrer un meurtre. Je ne serais pas étonnée qu'il en soit de même pour Liam et Bridey. Qu'ils essaient de cacher à tout prix le forfait qu'ils ont effectivement commis, sans se rendre compte qu'ils sont en train de se mettre encore davantage dans le pétrin.

– Continuez... »

Une étincelle malicieuse pétilla dans les yeux de Siobhan, comme dans ceux de Bridey quelques heures auparavant.

« Cela ne sortira pas d'ici ? Sans quoi je ne dirai pas un mot de plus.

– Ils pourraient être inculpés ?

– Oh oui ! Mais je doute que cela trouble beaucoup votre conscience de ne pas en faire mention. »

Il était trop curieux pour ne pas acquiescer.

« D'accord, cela ne sortira pas d'ici, promit-il.

– Très bien. Je suppose que le scénario est à peu près le suivant. Voilà quinze ans que Liam et Bridey vivent sur le dos du contribuable. On leur verse à chacun une pension d'invalidité, lui pour son bras paralysé, elle pour sa fracture du bassin, et Patrick touche une allocation pour s'occuper d'eux. Ils ont droit à des indemnités de transport, à des indemnités de chauffage et à des dégrèvements d'impôts. » Elle leva un doigt en l'air. « Or Kevin a une carrure de gorille et n'est pas peu fier de son physique. Et Rosheen était aussi grande que moi. Dans ces conditions, comment un couple de vieillards infirmes aurait-il réussi à les maîtriser tous les deux ?

– Je vous écoute.

– À première vue, je dirais que Liam s'est servi de son bras invalide pour les immobiliser en les serrant comme dans un étau et que Bridey a sauté de son fauteuil pour les ligoter. Bridey appellerait ça une guérison miraculeuse. Les services sociaux une escroquerie délibérée. Tout dépend de l'opinion qu'on a sur la facilité avec laquelle les médecins anglais peuvent se laisser berner par des filous professionnels. »

Il était visiblement ébranlé. « Voulez-vous dire que Patrick n'a jamais estropié aucun d'eux ? »

Le rire de Siobhan résonna dans la pièce.

« À l'époque, sans doute. Il est impossible de simuler un poignet en miettes ni une fracture du bassin, mais je présume que Liam et Bridey ont prolongé leur calvaire afin de profiter de la commisération et des libéralités du système. » Elle lui lança un regard en biais. « Ne trouvez-vous pas étonnant qu'ils aient décidé de s'éloigner des médecins qui les avaient soignés à Londres pour aller s'enterrer au fin fond du Hampshire, où la seule personne compétente pour signer leurs feuilles d'allocations n'est plus... euh... médicalement parlant... de la première fraîcheur ? Vous connaissez Sam Bentley. Croyez-vous sérieusement qu'il lui viendrait à l'esprit de se demander si deux personnes considérées comme infirmes par un grand hôpital de Londres ne sont pas en train d'arnaquer le contribuable anglais ?

– Doux Jésus ! » Il secoua la tête. « Mais pourquoi fallait-il qu'ils incendient la maison ? Qu'aurions-nous trouvé de si compromettant ? À part le corps de Rosheen, bien sûr.

– Des empreintes digitales de la main droite de Liam couvrant les boutons de porte ? suggéra Siobhan. Les marques des chaussures de Bridey sur le sol de la cuisine ? De quelque manière que Rosheen soit morte – en défendant sa vie ou pas –, ils ne pouvaient pas se permettre d'en faire état, car vous auriez aussitôt bouclé Kilkenny Cottage, le temps d'arriver à savoir ce qui s'était passé. »

L'inspecteur l'écoutait avec attention. « Et nous n'aurions pas mis longtemps à comprendre qu'ils n'étaient pas aussi handicapés qu'ils le prétendaient.

– En effet.

– Et nous les aurions arrêtés immédiatement sur présomption de meurtre. »

Elle hocha la tête.

« Comme vous l'avez fait pour Patrick. »

Il admit ce point avec un sourire réticent.

« Êtes-vous sûre de ce que vous avancez, Mrs Lavenham ?

– Non, répondit-elle. Ce n'est qu'une simple supposition. Et je n'irai certainement pas le répéter devant un tribunal. D'ailleurs, cela ne servirait à rien. Toutes les preuves se sont envolées en fumée.

– Sauf, si j'ai un médecin pour certifier qu'ils sont aussi agiles que vous et moi.

– Cela ne signifierait pas qu'ils l'étaient avant l'incendie, fit-elle observer. Bridey vous opposera un spécialiste qui parlera de paralysie psychosomatique, et Sam Bentley ne voudra jamais reconnaître qu'il s'est laissé berner par un couple d'escrocs. » Elle émit un gloussement. « Pas plus que Cynthia Haversley, si les choses allaient jusque-là. Voilà des années qu'elle les épie de sa fenêtre, et elle n'a jamais rien remarqué. Dans tous les cas, Bridey a une foi inébranlable dans les miracles. Elle vous a bien dit que c'était Dieu qui l'avait sauvée des flammes.

– Elle doit me prendre pour un parfait idiot.

– Pas vous personnellement. Seulement les gens de votre… euh… espèce. »

Il eut un froncement de sourcils menaçant.

« Qu'est-ce que cela veut dire au juste ? »

Siobhan le considéra avec une expression amusée. « Les Irlandais n'ont pas cessé de rouler les Anglais pendant des siècles, inspecteur. » Elle vit les pupilles du policier se rétrécir en une dénégation instinctive. « Et si les Anglais n'étaient pas si imbus d'eux-mêmes, finit-elle d'un ton malicieux, ils s'en seraient peut-être rendu compte ! »

FIN

Achevé d'imprimer sur les presses de

BUSSIÈRE
GROUPE CPI

à Saint-Amand-Montrond (Cher)
en octobre 2001

POCKET - 12, avenue d'Italie - 75627 Paris Cedex 13
Tél. : 01-44-16-05-00

— N° d'imp. 15766. —
Dépôt légal : novembre 2001.

Imprimé en France